Lena Johannson

Liebesquartett auf Usedom

rütten & loening

Lena Johannson

Liebesquartett auf Usedom

Roman

rütten & loening

MIX
Papier aus verantwortungsvollen Quellen
FSC® C083411

ISBN 978-3-352-00883-2

Rütten & Loening ist eine Marke der Aufbau Verlag GmbH & Co. KG

1. Auflage 2016

Einbandgestaltung www.buerosued.de, München
Gesetzt aus der Minion Pro
durch Greiner & Reichel, Köln
Druck und Binden CPI books GmbH, Leck, Germany
Printed in Germany

www.aufbau-verlag.de

Für Jule und Peer,
das perfekte Gastgeber-Duo –
nicht nur zu Halloween!

Kapitel 1

»Ich werde es Trio Infernale nennen.« Penny sah die beiden Männer strahlend an. »Drei Kojen. Es ist wie für uns gemacht.« Sie konnte den Blick gar nicht von dem hellblauen Hausboot wenden, das gemütlich auf den Wogen der Ostsee schaukelte. Es hatte runde Fenster, eines sogar in der Dusche! Der achteckige Turm beherbergte unten einen hübschen Salon, darüber lag die Galerie mit Rundumblick und Ausgang zum Sonnendeck. Die Küche war für ein Schiff dieser Größe ausgesprochen großzügig und so gut ausgestattet, dass sie sich schon ausmalte, wie sie für die drei dort ein Willkommensmenü zubereitete.

»Ich würde es Insolvenzia nennen. Es ist nämlich perfekt dafür gemacht, dich in die Pleite zu treiben. Damit kenne ich mich aus, Schätzchen. Du zahlst nur achtzigtausend für den alten Schlorren. Nur …« Pit lachte freudlos und murmelte: »Wenn ich die hätte, wäre ich meine Sorgen los.« Etwas lauter setzte er hinzu: »Kannst dich drauf gefasst machen, dass du noch mal so viel reinsteckst in die Kiste. Das ist Wahnsinn.«

»Pit hat recht, das ist viel Geld. Schlaf wenigstens eine Nacht darüber«, warf Heiner ein.

»Um von unserer ersten großen gemeinsamen Reise zu träumen? Dann kann ich auch gleich unterschreiben.«

»Große Reise!« Pit stieß geräuschvoll die Luft aus. »Kann ich mir sowieso nicht leisten.«

»Ihr seid echt Spielverderber. Ich muss jetzt los. Hab noch ein Katastrophen-Kick-off.«

»Penny, Penny …« Heiner schüttelte langsam den Kopf. »Irgendwann verplapperst du dich noch. Was wohl dein Bürgermeister sagt, wenn er mitkriegt, was seine Standesbeamtin vom Heiraten hält?«

»Der Petersen soll bloß vorsichtig sein. Dank seiner tollen Idee, originelle Außenstellen des Standesamtes einzurichten, bin ich dauernd auf der gesamten Insel unterwegs, anstatt mit dem Rad an meinen Arbeitsplatz zu fahren, wie früher.« Penny warf den Schlüssel ihres alten Käfers in die Luft und fing ihn in einer fließenden Bewegung auf. »Außerdem bin ich sein Fels in der Brandung. Die Personaldecke ist viel zu dünn. Jetzt ist auch noch der Kollege vom Bezirk Koserow auf unbestimmte Zeit ausgefallen.« Sie schnaufte. »Na dann, bis später, Jungs.«

»Gutes Gelingen!« Heiner nickte ihr zu und schob die Hände tief in die Hosentaschen. Pit hob die Hand zum Gruß und wandte sich dann an Heiner.

»Tja, ich muss auch wieder«, hörte sie ihn noch sagen. »Die Arbeit ruft. Mal sehen, wie lange noch.«

Vom Peenemünder Haken im Nordwesten der Insel Usedom fuhr sie immer parallel zum Ostseestrand in Richtung Heringsdorf. Das Rathaus lag in Ahlbeck, was Auswärtige mit schöner Regelmäßigkeit verwirrte. Penny hatte, wie sie es immer tat, wenn Paare vom Festland hier heirateten, mehrfach darauf hingewiesen: Kurparkstraße in Heringsdorf, Ortsteil Ahlbeck. Mal sehen, ob die Gesellschaft rechtzeitig dort sein würde.

Das kommt davon, dass die sich alle auf einer Insel das Jawort geben müssen, auf der sie sich nicht auskennen.

Wieso bleiben die nicht zu Hause in ihrer vertrauten Umgebung?

Ein Blick nach draußen war Antwort genug. Zu ihrer Linken brandeten die Wellen an einen goldgelben Strand, zur Rechten gluckerte das Achterwasser, umrahmt von einem Gürtel aus Schilf und anderen Gräsern. Sehen konnte sie die Pracht genau genommen nicht, denn da waren überall Bäume, knorrige Kiefern meist, die ihr den Blick verstellten. Doch sie wusste, dass das Wasser da war. Und hier und da kam es auch in Sicht, wie etwa auf Höhe des Malerateliers von Otto Niemeyer-Holstein oder ein Stückchen weiter am Kölpinsee. Penny fuhr an diesen Stellen besonders vorsichtig, weil sie wusste, dass Touristen hier gern spontan bremsten, um ein Foto zu machen. Ihr Auto ließen sie nicht selten mitten auf der Straße stehen. Ist ja Urlaub, da kann man das mal machen … Wann immer sie ihren Chef dafür verfluchte, dass er den Kollegen vom Tourismus-Marketing ans Herz gelegt hatte, Usedom als ideale Destination für Heiratswillige anzupreisen, verstand sie doch, warum die Strategie so gut funktionierte. Wenn man sich schon ins Unglück stürzen musste, dann wenigstens an einem schönen Ort. Und das war die Insel ganz sicher. Ihre Gedanken glitten zurück zu dem Hausboot, das sie sich oben am Peenemünder Haken angesehen hatte.

Es ist einfach perfekt. Von genau so einem Schiff habe ich immer geträumt. Jeder hat seine eigene Kajüte, und dann dieser niedliche Salon. Wir können über Ostern, an unseren Geburtstagen und zu Weihnachten einfach abhauen und dem ganzen Friede-Freude-Eierkuchen-Familien-Theater entfliehen. Obwohl … im Dezember auf dem Wasser? Vielleicht ein bisschen frisch. Ach was, das Boot hat schließlich eine Heizung und ist besonders gut isoliert, hat der Eigner gesagt. Jetzt lasse ich mich schon von Hei-

ner und Pit und ihrer Miesepeterei anstecken. Manchmal sind die beiden aber auch wirklich Spaßbremsen.

Sie hatte den Schmollensee hinter sich gelassen, Bansin und Heringsdorf passiert und bog nun in die Kurparkstraße ein. Das Paar, das sie gleich trauen würde, hatte sich für das gute alte Standesamt im Rathaus entschieden. Immerhin. Als sie ihren Käfer auf den Parkplatz lenkte, sah sie sofort die aufgeregte Vorhut, die Sektkisten, Gläser, Batterien von Ballons und diverses anderes Zeug durch die Gegend trug.

Ach je, das volle Programm!

»Guten Morgen!« Sie setzte ihr Berufslächeln auf. »Gesellschaft Winkelmann, nehme ich an?«

»Ja, genau.« Ein junger Mann reichte ihr die verschwitzte Hand.

Mit Sicherheit ein Trauzeuge. Mann, ist der jung. Der sieht aus wie ein Konfirmand.

»Und Sie sind wohl die Standesbeamtin?«

Leider. Manchmal hat das Schicksal echt fiese Tricks drauf.

»Die bin ich.«

»Toll, dass Sie so früh da sind.« Der Rest der Gesellschaft scharte sich augenblicklich um sie. »Wir wollen auf der Seebrücke Ahlberg einen kleinen Sektempfang machen.«

»Das ist aber eine schöne Idee!«

Die haben ungefähr neunzig Prozent aller Hochzeitsgäste. Sehr originell.

»Es heißt übrigens Ahlbeck, nicht Ahlberg.«

»Ach ja, klar. Berge gibt es hier ja eher nicht.« Allgemeines Gekicher. Der Jüngling tupfte sich den Schweiß von der Stirn.

»Eher nicht, nein.«

»Ist das weit bis zur Brücke? Wir wollten dem Paar auf

dem Weg dahin nämlich die Augen verbinden«, mischte sich jetzt eine junge Frau in himbeerfarbenem Kleid ein. Sie trug ärmelfrei, hatte aber ein champagnerfarbenes Tuch über die fleischigen Oberärmchen gelegt und war schwer damit beschäftigt, es trotz teilweise kräftiger Böen an Ort und Stelle zu halten. »Damit die nicht gleich sehen, wo es hingeht.«

Die laufen doch schon blind in ihr Verderben. Wozu noch die Augen verbinden?

»Ich fürchte, das ist kein guter Einfall. Fahren Sie lieber ein Stück. Hinter der Touristinformation können Sie parken.«

»Meinen Sie?«

»Die Dame kennt sich doch wohl am besten aus.«

»Okay, dann bauen wir schon mal auf und bringen den Käfig mit den Tauben in Position.« Ein Mann, kaum älter als der Trauzeuge, übernahm die Planung. Er trug einen weinroten Anzug mit passender Fliege und gehörte anscheinend zu der Himbeere. »Dann bleibt uns auch das ganze Gelaber im Standesamt erspart. Ihr filmt doch sowieso, oder?« Jemand nickte. »Siehste, dann gucken wir uns nachher die Highlights an. Das reicht.« Penny hatte ihr Lächeln eingefroren. Es war erst Mai, die Heiratssaison fing gerade erst an, und sie war schon so erschöpft, als sei es Ende August.

Die Zeremonie hatte eine bemerkenswerte Menge von Symptomen ans Tageslicht gebracht, die von einem handfesten Romantikanfall nun einmal ausgelöst wurden. Dem Bräutigam war der Ring heruntergefallen und unter den riesigen Reifrock seiner Braut gekullert, ein befreundetes Pärchen hatte sich dazu hinreißen lassen, »True Love« zu singen. Zweistimmig. Obwohl keiner der beiden einen Ton traf. Nachdem das Jawort gegenseitig gegeben war und das Paar sich derartig leidenschaftlich geküsst hatte, dass selbst Penny nicht wusste, wohin sie schauen sollte – und sie war einiges gewöhnt –, streute eine ältere Dame gelbe und orange leuchtende Blüten der Kapuzinerkresse aus, die sie vermutlich extra für diesen Anlass in einem Gewächshaus vorgezogen hatte. Die Braut setzte sich auf eine der Blüten, was einen knallgelben Fleck auf dem seidigen Stoff ihres Kleides hinterließ. Wie sich herausstellte, war die alte Dame die Großmutter des Bräutigams. Die wurde von der Braut für das angeblich absichtliche Beschmieren der kostbaren Garderobe dermaßen angeschnauzt, dass sie drohte, in Tränen auszubrechen. Zu viel für den Bräutigam, der seiner Lieblingsoma verbal zur Seite sprang. Als die Braut nach dem Fehlversuch der Ringübergabe »Tollpatsch« gezischt hatte, war es ihr mit einem niedlichen Kiekser und einem gekonnten Augenaufschlag gerade noch gelungen, das Kippen der Stimmung zu verhindern. Mit dem Oma-Angriff hatte sie es versaut.

Katastrophen-Kick-off. Ich weiß nicht, was an dieser Bezeichnung respektlos oder ironisch sein soll. Den Start eines neuen Projekts nennen Manager doch Kick-off. Und was startet bei den beiden frisch Vermählten wohl anderes als eine Katastrophe?

Während Penny zu ihrem Büro ging, dachte sie an ihre letzte Beziehung. Der Kerl war Projektmanager gewesen. Allerdings kein sehr guter. Sie hatte seine Unterlagen vor wichtigen Besprechungen und eben den berüchtigten Kick-offs korrigiert und in Form gebracht, damit er sich nicht bis auf die Knochen blamierte. Und was war der Dank gewesen?

Lang ist's her …

»Ach, Penelope, gut, dass ich Sie treffe.«

Gut für Sie vielleicht.

»Herr Petersen, was kann ich denn für Sie tun?« Sie sah von ihm zu seiner Begleitung, einer einen Hauch zu stark geschminkten Blondierten, die lächelnd neben ihm stand.

»Darf ich vorstellen? Das ist Penelope Anders, unsere Standesbeamtin. Und das ist Verena May.«

»Wie der Wonnemonat, nur mit Ypsilon.« Die Blondierte streckte ihr die Hand hin.

Passt ja perfekt, ein Wonneproppen heißt wie der Wonnemonat. Okay, wohlgenährt sieht sie nicht gerade aus, eher ein bisschen verhungert. Die gehört bestimmt zur Salatblattfraktion.

»Und Sie heißen Penelope, nach der spartanischen Prinzessin, der Frau des Odysseus und dem Inbegriff einer treuen Ehefrau? Das passt ja perfekt zu Ihrem Beruf.«

»Donnerwetter, Sie kennen sich aus!« Petersen war beeindruckt. »Das wusste ich ja gar nicht. Ich meine, dass Ihr Name so eine Bedeutung hat. Wussten Sie das?«

»Ja, leider«, murmelte sie. »Aber eigentlich bin ich nicht nach der Dame, sondern nach der Halbinsel Peloponnes benannt. Meine Eltern haben dort ihre Hochzeitsreise verbracht.«

»Ach, wie romantisch!« Verena May seufzte.

»Ja.« Penny seufzte auch.

Meine Eltern sind trotzdem geschieden. Und ich darf mit diesem altertümlichen Namen herumlaufen. Finden Sie das auch romantisch?

»Frau May ist Journalistin. Sie arbeitet für den Berliner Anzeiger.«

»Aha.« Penny ahnte Schlimmes. Usedom war die Badewanne der Berliner. Wahrscheinlich wollte Petersen mal wieder eine Werbekampagne starten, und Penny sollte dieser Frau May die vielen hübschen Außenstellen der Standesämter zeigen, vom Anklamer Tor bis zu den Salzhütten von Koserow.

»Ich schreibe eine Reportage über alte Usedomer Handwerkskunst.« Sie sah Penny nicht in die Augen. »Das heißt, ich möchte eine solche Reportage schreiben. Deshalb habe ich mich an Herrn Petersen gewandt, und der meinte …«

Keine typische Journalistin. Die haben gewöhnlich doch eher zu viel Selbstbewusstsein. Die hier scheint ein bisschen wenig abbekommen zu haben.

»Sie kennen doch diese beiden …«, fiel Petersen ihr ins Wort. »Den Dachdecker und diesen Fischer mit seiner Räucherei. Können Sie Frau May nicht mit denen bekannt machen?« Penny fiel ein Stein vom Herzen. Sie musste nicht Babysitter für eine weitere Reporterin spielen, die Trau-Orte gezeigt bekommen wollte. Heiner und Pit würden zwar auch nicht gerade begeistert sein, aber vielleicht sprang für die beiden ja ein kleines Honorar heraus. Zumindest Pit würde das mehr als gelegen kommen. Und Werbung für ihre Betriebe konnte auch nicht schaden.

»Es ist so lieb, dass Sie sich Zeit für mich nehmen.« Verena May hatte unter der Schminke ein offenes freundliches Gesicht. Ihre Dankbarkeit schien echt zu sein. Das hatte Penny von Verenas Berufskollegen schon anders erlebt. »Ich könnte auch ein kleines Stückchen über Sie machen.«

»Ein Stückchen?«

»Entschuldigung, das sagen wir so in der Redaktion. Ich denke an ein Porträt. Na ja, Sie sind Standesbeamtin an einem Ort, der geradezu danach schreit, dort zu heiraten.«

»Finden Sie?«

Verena überhörte den zweifelnden Unterton. »Herr Petersen hat mir erzählt, man kann sich in alten Salzhütten trauen lassen.«

Also doch. Ich hab's gewusst.

»Wenn man sich traut.«

»Wie? Ach so, ja.« Verena lachte. Sie klang dabei wie ein schnatternder Delfin. Irgendwie ansteckend. »Dann tragen

Sie auch noch einen so wundervollen Namen. Penelope.« Sie seufzte. »Zwanzig Jahre hat sie auf Odysseus gewartet und ist ihm treu geblieben.«

»Er ihr nur leider nicht«, bemerkte Penny trocken.

»Oh, er wurde ja auch verhext.«

»Das hat mein Ex auch behauptet, als ich ihn mit einer anderen erwischt habe.«

»Oh.« Penny und Verena hatten sich zwei Stunden, nachdem Herr Petersen sie einander vorgestellt hatte, vor dem Haupteingang des Rathauses getroffen. Mit Pennys gelbem Käfer, der vor gefühlten hundert Jahren für die Deutsche Post im Einsatz gewesen war, waren sie durch dichten Wald, der sich bis weit über die polnische Grenze hinstreckte, Richtung Süden gefahren. Am Wolgastsee hielten sie sich nun rechts.

»Sie sagten, es war Ihr Ex. Dann sind Sie bestimmt längst darüber hinweg und glücklich mit einem netten treuen Mann verheiratet.«

»Punkt eins: Ja, ich bin absolut darüber weg. Punkt zwei: Ich bin glücklich ledig und mit zwei sehr netten Männern befreundet.«

»Oh.«

Verschwende deine Ohs nicht so, sonst ist der Buchstabe in deinem Repertoire bald aufgebraucht.

Das Dorf Korswandt war nicht gerade das touristische Zentrum der Insel. Die meisten Urlauber zogen die Seebäder dem Hinterland vor und verpassten dabei eine Menge. Andere schätzten gerade die Ruhe, die Natur und die größtenteils erschwinglicheren Preise der Ferienhausanlagen, die neben Viehbetrieben entstanden waren. Für Pits Vorfahren war die Lage zwischen dem kleinen Wolgast- und dem um ein Vielfaches größeren Gothensee ideal gewesen, als er seine Firma gegründet hatte.

»Nomen est omen.« Verena sah Penny von der Seite an,

während die auf den Hof von »Insel-Reet« fuhr. »Was ich sagen will, ist, dass Penelope geradezu perfekt zu Ihrem Beruf passt. Mein Name Verena bedeutet sowohl die Wahrheitsliebende als auch die Beliebte. Zumindest Ersteres passt ja wohl auch zu meinem Beruf, denken Sie nicht?«

»Es wäre jedenfalls wünschenswert, wenn Journalisten die Wahrheit liebten.«

»Da haben Sie recht. Mit der Beliebtheit ist es um meine Branche wohl nicht sehr gut bestellt.« Sie lächelte schüchtern. »Verena kann auch als die Scheue übersetzt werden. So viel zu Nomen est omen.« Die beiden Frauen stiegen aus.

Von wegen. Passt doch wie die Faust aufs Auge. Du wirkst absolut wie ein scheues Reh und bist bestimmt total beliebt mit deinem Bambi-Blick und der vorsichtigen Art. Scheint was dran zu sein an diesem Nomen-Spruch.

»Ach, Frau May, einen kleinen Moment noch.« Verena, die Kamera um den Hals, den Notizblock mit angeklemmtem Stift im Anschlag, war im Begriff, sich auf dem Gelände umzusehen. Sie blieb stehen und sah Penny erwartungsvoll an. »Der Mann, mit dem ich Sie bekannt mache, heißt Pit Luhrow. Er hat das Handwerk des Reetmachens und der Dachdeckerei schon als Teenager gelernt.«

»Wunderbar!« Verena strahlte.

»Ja. Die Sache ist nur die, Pit, ich meine, Herrn Luhrow gehörte dieser Betrieb bis vor vier Jahren. Dann musste er ihn an seinen Mitarbeiter verkaufen. Herr Luhrow war mal verheiratet. Nicht lange, aber teuer. Ich habe die beiden damals nicht getraut.« Sie hob abwehrend die Hände, obwohl niemand sie angegriffen hatte. »Jedenfalls sprechen Sie ihn lieber nicht darauf an.«

»Verstehe.«

In dem Moment trat Pit aus der Scheune, dem Herz des Betriebes. »Klei mi doch am Mors!«, rief er.

»Moin, Pit, was ist denn los?«

»Ach, Penny.« Er klang erschöpft und warf einen kurzen Blick auf ihre Begleitung. »Tach.«

»Guten Tag!« Verena eilte auf ihn zu. Sie schien nicht das Gefühl zu haben, ungelegen zu kommen.

»Das ist Verena May vom Berliner Tageblatt.«

»Anzeiger.«

»Ah ja, Anzeiger. Jedenfalls möchte sie eine Reportage über alte Handwerkskunst auf Usedom schreiben.«

»Wie sind Sie denn darauf gekommen?«, knurrte Pit und schob sich einen Grashalm zwischen die Zähne. Gleich, als er seine Lehre begonnen hatte, hatte er sich angewöhnt, ständig auf einem Halm herumzukauen. Damals fand er das witzig, heute konnte er nicht mehr damit aufhören.

»Gute Frage. Das ist allerdings eine längere Geschichte.« Sie lachte ihr Flipper-Lachen. Penny beobachtete, wie ein breites Grinsen auf Pits Gesicht erschien. Wie schön, diese Großstadtpflanze mit ihrer eigenwilligen Lache belustigte ihn dermaßen, dass er sogar seinen Ärger vergaß, dem er eben noch Luft gemacht hatte. Penny war froh. Sie konnte es nicht aushalten, wenn Pit Kummer hatte.

»Ist doch eine schöne Idee«, sagte sie. »Und bestimmt gibt es auch ein Honorar, wenn Herr Luhrow sich Zeit für Sie nimmt und Ihnen für ein paar Fotos Modell steht, oder, Frau May?«

»Ja, ja, natürlich.« Sie errötete. »Furchtbar viel ist es nicht. Meine Redaktion hat kein großes Budget. Aber ein Info-Honorar ist selbstverständlich drin. Immerhin könnten wirklich einige Stunden zusammenkommen, ehe ich Bescheid weiß.« Wieder huschte ein zarter Rosé-Ton über ihre Wangen. »Über Ihre Handwerkskunst, meine ich.«

»Klar, was sonst?« Pit schien nicht so recht zu wissen, was er von der Frau mit den etwas zu dick getuschten Wimpern und dem einen Hauch zu grellen Lippenstift halten sollte. Sie musterte ihn ebenso skeptisch, von den derben Sicherheitsschuhen bis hinauf zu seinem blonden strubbeligen Haar.

Wenn da nicht zwei Welten aufeinanderprallen! Berliner Großtstadtgewächs trifft Naturburschen. Ich würde zu gerne Mäuschen spielen, wenn die gute Frau ihr Interview und die Bilder macht.

»Entschuldige, dass wir dich so überfallen, Pit. Petersen hat mich gebeten, euch bekannt zu machen. Ich dachte, wir kommen einfach vorbei, und dann könnt ihr einen Termin ausmachen.«

»Erst mal einen. Vermutlich werden wir uns öfter treffen müssen«, warf Verena ein. »Ist ein Erfahrungswert«, setzte sie schnell hinzu und schenkte Pit ein umwerfendes Lächeln. Der betrachtete sie wohlwollend.

Mensch, Pit, nun lass dir die Vorfreude auf das Honorar mal nicht ganz so deutlich anmerken.

»Wir wollen gleich noch weiter zu Heiner. Der fischt und räuchert ja auch noch, wie schon sein Vater und Urgroßvater es gemacht haben.«

»Ist das denn eine Handwerkskunst?« Pit schob den Halm von einem Mundwinkel in den anderen.

»Aber sicher!«, antworteten die beiden Frauen gleichzeitig und lächelten sich an, wie alte Freundinnen.

»Also, wann passt es Ihnen am besten? Ihr Wunsch ist mir Befehl, ich richte mich vollständig nach Ihnen.«

Nun übertreibe es mal nicht, du kleiner Maykäfer, sonst kommt Pit noch auf dumme Gedanken. Penny schmunzelte. Sie ließ die beiden allein und spazierte ein Stück den Sandweg entlang, der zum Gothensee führte. Im Winter, während der Erntezeit, donnerte ein Trecker samt Anhänger nach dem anderen diesen Pfad herauf und brachte die frisch geschnittenen und schon von Blättern befreiten Halme zum Lagerplatz. Sie war gern hier. Manches Mal hatte sie neben Pit auf der mächtigen Erntemaschine gesessen, die auf ihrem Kettenlaufwerk erstaunlich sanft über das Feld walzte. Das war allerdings schon eine Weile her. In letzter Zeit besuchte sie ihn eher selten auf dem Hof. Es herrschte zu oft dicke Luft.

»Moin, Penny, lange nicht gesehen.« Heiner kam ihnen auf der großen hölzernen Terrasse vor seiner Räucherei entgegen.

»Heiner, ich möchte dir Verena May vorstellen.«

»Wie der Wonnemonat, nur mit Ypsilon«, flötete die und streckte Heiner auch schon die Hand hin.

Wie gut, dass ich ihr nicht noch fünf Handwerker vorstellen muss. Sonst käme mir das Ypsilon zu den Ohren raus. Penny erklärte, warum Verena auf die Insel gekommen war und weshalb sie sie zu Heiner gebracht hatte.

»Ach ja, sie schreibt für den Berliner Anzeiger«, beendete sie ihre Ausführungen.

»Das glaube ich jetzt nicht«, gab Verena heiser von sich.

»Wieder falsch? War es doch das Tageblatt?« Penny und Heiner warfen sich irritierte Blicke zu, während Verena an ihnen vorbeistarrte.

»Das ist doch Reinhard Fuhrmann, der berühmte Theaterschauspieler aus Berlin«, flüsterte sie aufgeregt. »Der hat auch schon im Tatort mitgespielt.« Jetzt sah sie von einem zum anderen, als erwartete sie eine spektakuläre Reaktion.

»Kann sein«, meinte Heiner schulterzuckend. »Wir haben oft irgendwelche Prominenten zu Gast. Sagen jedenfalls meine Mitarbeiter. Es gab da auch schon mal einen Artikel drüber.« Er vergrub die Hände in den Hosentaschen. »Ich erkenne die nie. Ich guck auch nicht so viel Fernsehen«, murmelte er beinahe entschuldigend.

Verena starrte ihn an. »Das hier ist aber nicht dieser Kult-

Imbiss *Mundfrischer Fisch*, oder?« Penny und Heiner blickten gleichzeitig langsam nach oben zu dem großen Holzschild, das über dem Eingang der Räucherei hing, auf dem in türkisen Buchstaben die Worte *Mundfrischer Fisch* prangten.

»Heiner Mund«, stellte er sich vor und schüttelte Verena noch mal die Hand. »Können Sie ja nicht wissen.«

Nee, aber lesen wird sie doch können, die Journalistin.

»Tja, jetzt weiß ich gar nicht … Es geht mir ja um alte Handwerkskunst. Passt das denn mit so einem In-Lokal zusammen?« Sie heftete ihren Blick auf Heiner, als hoffte sie, dass er sie irgendwie überzeugen konnte. Kein Wunder, ein Reetdachdecker war ein bisschen wenig für ihre Reportage.

»Das müssen Sie schon selbst wissen.« Heiner schob die Hände wieder in die Taschen, noch tiefer dieses Mal. Er sah auf einmal wie ein Junge aus, dem man einen Ball vor die Nase gehalten und wieder weggenommen hatte.

»Herr Mund räuchert noch wie sein Urgroßvater, nämlich über offenem Feuer, das mit Buchen- und Erlenholz der Insel entzündet wird.«

»Also erst Buche und dann Erle«, erklärte er.

»Genau. Und schon der Fischfang mit dem Stellnetz läuft genauso ab wie vor über hundert Jahren.«

»Na dann.« Verenas Augen leuchteten.

Heiner scharrte mit dem Fuß über die Holzbohlen der Terrasse. »Denn fragen Sie man ruhig«, forderte er sie auf. Plötzlich leuchtete auch sein Gesicht. »Na, vielleicht nicht hier so zwischen Tür und Angel. Ich kann Ihnen erst den Ofen zeigen. Den können Sie auch fotografieren, wenn Sie wollen.« Er deutete auf ihre Kamera, die vor ihrem Bauch baumelte. »Sieht man ja nicht mehr oft. Und dann probieren Sie den Fisch.« Er wandte sich an Penny: »Willst du auch bleiben, oder musst du nach Hause?«

Wieso klingt das gerade, als wenn er mich loswerden will?

»Ach, bitte bleiben Sie doch. Ich würde Sie gern zum Essen einladen, als kleines Dankeschön für Ihre Mühe.« Verena lächelte Penny so herzlich an, dass diese jede Verabredung abgesagt hätte, nur um die Einladung anzunehmen. »Und mit Ihnen würde ich lieber einen Termin machen, wenn es Ihnen recht ist.«

Was hat ihre Hand auf Heiners Arm zu suchen? Drollig, das scheint er sich auch gerade zu fragen.

»Ich bereite mich gern auf Interviews vor. Das verstehen Sie bestimmt.«

»Ach so, ja, meinetwegen.« Er führte die beiden an einen Tisch.

»Ich bin Ihnen so dankbar für Ihre Hilfe. Herr Luhrow und Herr Mund entsprechen genau meinen Vorstellungen.«

Ach ja? Warst du nicht eben noch ganz unsicher, ob Heiner in dein Konzept passt? Hm, ist wahrscheinlich besser als nichts.

»Das freut mich.«

»Ich hatte mir noch Segelmacher notiert und Hersteller von Strandkörben. Und bestimmt wurde doch auch Keramik produziert und gesponnen auf der Insel.«

»Gesponnen wird noch immer viel.« Penny schmunzelte.

»Kennen Sie denn auch jemanden, der …? Ach, jetzt verstehe ich.« Verena lachte. Am Nebentisch drehten sich zwei Kinder um und kicherten. »Im Ernst, es wäre toll, wenn Sie noch andere Ideen oder Ansprechpartner für mich hätten. Keine Angst, Sie müssen mich nicht überall hinfahren. Es hilft mir schon, wenn ich weiß, an wen ich mich wenden kann.« Penny dachte nach. Ihr fiel ein Buch ein, das Verena sich ausleihen konnte.

»Die Bücherei ist in Ahlbeck in der Wilhelmstraße ganz in der Nähe des Rathauses. Bestimmt finden Sie in dem Büchlein einige Anregungen. Fragen Sie ruhig außerdem die Bibliothekarin. Das ist eine alteingesessene Usedomerin. Die kann Ihnen sicher auch den einen oder anderen Tipp geben.«

Kapitel 2

»Ich dachte schon, ihr lasst unser Sexy-Single-Treffen ausfallen.« Penny öffnete den Ofen und streute geriebenen Käse über die gefüllten Gemüsezwiebeln.

»Das duftet super!« Heiner schnupperte, als wolle er auch die letzten Geruchsmoleküle aus der Luft fischen.

»Aber echt«, stimmte Pit zu. »Was gibt's denn Schönes?«

»Gefüllte Zwiebeln.«

Kann es sein, dass die beiden gerade ein gemeinsames Ablenkungsmanöver fahren? Die glauben doch nicht, ich komme vom Thema ab, nur weil die mir Honig ums Maul schmieren.

»Womit gefüllt?«, wollte Pit wissen.

»Hack, Oliven, Tomate.«

»Hört sich gut an.« Heiner nickte.

»Dann könnt ihr ja froh sein, dass ihr doch nicht abgesagt habt.« Penny ließ die Ofenklappe geräuschvoll zufallen und drehte sich zu ihnen um. »Ich warte.«

»Was ist denn mit dir los?« Heiner schob die Hände in die Taschen und lehnte sich im Stuhl zurück.

»Um ein Haar wärt ihr nicht gekommen. Beide nicht.«

»Ist eben viel zu tun in der Räucherei und dem Imbiss. Kann doch mal passieren, dass man nicht sicher ist, ob man's schafft.«

»Außerdem haben wir uns vor zwei Tagen erst gesehen, am Boot.« Pit griff sich gedankenverloren an den Mund. Wenn er bei Penny zu Besuch war, hatte er nie einen Grashalm dabei. Sosehr sie es mochte, wenn er draußen auf dem Feld darauf herumkaute, so sehr störte es sie an ihrem Tisch in ihrer Wohnküche. Das respektierte er, vergaß es aber auch immer wieder.

»Und denn gleich wieder, als du die Frau May gebracht hast«, stimmte Heiner zu.

»Na und? Es ist doch nichts Neues, dass wir uns mehrmals in der Woche sehen. Das war noch nie ein Argument, um unser Sexy-Single-Treffen zu schwänzen.« Sie nahm drei Teller aus dem Schrank und postierte sie auf der Arbeitsfläche neben dem Ofen.

»Hätte doch sein können, dass Verena, also die Frau May, uns heute Abend braucht.« Heiners Ohren leuchteten plötzlich rot. Er sah Penny nicht an, sondern heftete seinen Blick auf ein Astloch in dem groben Kiefernholz des Tisches. »Die ist ja nicht lange auf der Insel.«

»Was ist das eigentlich für ein bescheuerter Name?«, polterte Pit, ehe Penny sich von ihrer Überraschung erholen konnte. »Sexy-Single-Treffen. Püh.«

»Stimmt.« Heiner nickte. »Was soll sexy daran sein, Single zu sein?«

»Vor allem: Was ist an unseren Treffen sexy? Wir essen zusammen, klönen, kloppen Skat … sehr sexy!« Pit verdrehte die Augen.

»Wie seid ihr denn drauf?« Verwirrt wendete Penny sich ab und warf einen Blick in den Ofen. Das sah sehr gut aus. Sie füllte drei Teller. »Das nennen wir eben so. Getreu unserem Motto: Single, aber sexy.«

Mann, haben die eine Laune heute. Vermutlich hat diese Wonnemonat-mit-Ypsilon-Tante die Jungs inner-

halb eines Tages schon den letzten Nerv gekostet. Werde die zwei mal ein bisschen verwöhnen. Ist ja nicht mit anzusehen.

»Dann lasst es euch mal schmecken.« Sie stellte ihnen die Teller hin und holte Bier aus der Speisekammer. »Und Prost!«

»Boah, das ist ja lecker!« Pit machte große Augen. »Das kannst du öfter machen.«

»Freut mich, wenn's euch schmeckt.«

»Ja, sehr schmackhaft. Ich bin froh, dass du kein Restaurant betreibst. Dann wärst du bestimmt meine größte Konkurrenz.«

»Na, na …« Sie winkte ab. Aus den Augenwinkeln beobachtete sie, wie ihre Freunde sich hungrig über die Zwiebeln hermachten. So gefielen sie ihr schon besser. »Hattet ihr jetzt eigentlich schon einen Termin mit dieser Frau May aus Berlin?«, wollte sie möglichst beiläufig wissen.

»Mh.« »Jo«, kam es, wie aus einem Mund.

Na, die verliert ja wirklich keine Zeit.

»Und, wie ist sie so? Anstrengend, oder?«

»Nö.« Heiner schüttelte den Kopf. »Finde ich nicht. Ich find's ganz schön, dass die sich echt für meine Arbeit interessiert.«

»Jo, den Eindruck habe ich auch«, stimmte Pit zu.

»Zum Beispiel hat sie mir tausend Fragen zu meinem Altonaer Ofen gestellt. Die war ganz fasziniert von den vielen Klappen und so. Und hübsch fand sie den. Sie hat jede Menge Fotos gemacht und will mir auch welche schicken. Nett, ne?«

Ganz toll! Das haben bisher alle Journalisten zu mir gesagt. Einige schicken Bilder, andere nicht. Wird sich zeigen, zu welcher Sorte Frau May gehört.

»Ja, das wäre wirklich nett von ihr. Aber, Heiner, soo besonders ist es doch auch wieder nicht, dass sie der Ofen so begeistert hat. Davon ist jeder beeindruckt.«

»Trotzdem. Du hast mir mal geraten, mir ein modernes Exemplar anzuschaffen. Von wegen kürzere Räucherzeit, weniger Aufwand, mehr Effektivität und so.«

»Moment mal, du hast doch gejammert, dass du nicht hinterherkommst mit der Produktion, dass die Nachfrage in deinem Imbiss so extrem gewachsen ist. Sag doch auch mal was, Pit! So war das doch, oder?«

»Keine Ahnung.«

Ist ja mal wieder typisch. Der eine Kerl haut dem anderen keine Bierbuddel über den Schädel.

»Ich weiß nur, dass Verena sich über Nacht in das Thema Reetgewinnung eingearbeitet haben muss. Die weiß, zu welcher Jahreszeit geerntet wird, wie lange die Halme trocknen sollten und welche Halmlänge für welchen Einsatz geeignet ist. Ich glaube, die schreibt diese Reportage aus Überzeugung, weil sie selbst richtig begeistert von der Sache ist.«

»Den Eindruck habe ich auch.« Heiner legte sein Besteck ab, obwohl sein Teller noch nicht leer war. »Die ist nicht anstrengend, die ist gründlich. Das ist ein großer Unterschied.«

»Sehe ich genauso. Sie ist nicht gerade eine Intelligenzbestie, glaube ich. Aber sie gibt sich Mühe, alles zu lesen, was sie kriegen kann. Und was sie dann immer noch nicht weiß, muss sie eben erfragen. Ist doch in Ordnung. Da hilft man gern.« Pit schob sich das letzte Stück Zwiebel mit Hack in den Mund.

»Nachschlag?« Penny fühlte sich in ihrer eigenen Wohnküche überflüssig. Zwar war diese May nicht anwesend, trotzdem war ihr die komplette Aufmerksamkeit der Männer sicher. Penny musste irgendwie wieder den Anschluss an ihre Freunde finden.

»Gern«, tönte es aus zwei Kehlen.

»Hast du auch noch ein Bier? Ich kann noch eins vertragen.« Ehe Penny Einspruch erheben konnte, sagte Pit: »Heiner fährt.«

»Na dann, gerne.«

Während sie aßen, verhinderte sie, dass das Gespräch erneut auf Verena May kam. Sie plauderten über dies und das. Zwischendurch kehrte aber auch Ruhe ein. Ganz untypisch für das Trio. Schließlich waren sie bei Pits Problemen angekommen.

»Daniel hat nicht nur zwei linke Hände. Der hat obendrein noch Stroh im Kopp!« Pit griff sich gewohnheitsgemäß an die Lippe und hielt sich am Bierglas fest, als er registrierte, dass kein Halm da war.

»Wenn es wenigstens Schilfröhricht wäre.« Heiner wollte den alten Freund aufmuntern, das war nicht zu übersehen.

»Dass diese Null bei mir eine Lehre gemacht und dabei anscheinend nix gelernt hat, ist mir richtig peinlich. Und dann habe ich diesem Knilch auch noch den Laden verkauft.« Er fuhr sich mit beiden Händen durch das blonde Strubbelhaar, das in den letzten Jahren diverse graue Partien dazubekommen hatte.

»Das war ein schlauer Schachzug von dir.« Penny schenkte sich auch ein Bier ein und schob Heiner eine Flasche mit alkoholfreier Variante über den Tisch. »Daniel hat die Schulden übernommen und trägt die Verantwortung und das Risiko, du gibst nach wie vor die Marschrichtung an. Dafür bekommst du schön regelmäßig dein Gehalt.«

»Und das ist gar nicht mal übel«, stimmte Heiner ihr zu.

»Fragt sich, wie lange noch.« Pit blickte finster drein. So kannte sie ihn gar nicht. Selbst während des Rosenkriegs und der Scheidung hatte er sich seinen Humor bewahrt, wenn es auch manchmal Galgenhumor gewesen war.

»Ach komm, Pit, so schlimm wird's schon nicht sein.

Durch Daniels Angebot konntest du deine Ex damals in einer Summe abfinden. Wärst du nicht darauf eingegangen, hättest du ihr einen ziemlichen Batzen geben müssen und würdest noch immer monatlich zahlen.« Sie sah zu Heiner und schnitt eine hilflose Grimasse.

»Glaubst du, das weiß ich nicht?« Pit war laut geworden.

Meine Güte, was ist dem denn über die Leber gelaufen? Das ist nicht gut, gar nicht gut.

»Mönsch, Pit, nu beruhig dich mal. Penny kann nix dafür, dass dein döspaddeliger Lehrling jetzt dein Boss ist.«

»Ja, Tschuldigung. Es macht mich einfach wütend, wenn ich mit ansehen muss, wie der den Betrieb herunterwirtschaftet, den mein Großvater aufgebaut hat. Der würde sich im Grab umdrehen.«

»Ist es denn so übel?« Sie legte ihm eine Hand auf den Arm.

»Das ist gar kein Ausdruck. In den ersten Jahren nach dem Verkauf hat er noch auf mich gehört. Ich hab gesagt, wo's langgeht, er hat's so gemacht, und die Sache lief. Wir konnten sogar expandieren. Seit ein paar Monaten lungert immer so ein Typ bei Daniel rum. Ist ein alter Schulfreund, sagt er, der in Finanzberatung macht. Dieser Voll-Willi hat keine Ahnung von Tuten und Blasen, rät Daniel aber, Ware in der Türkei und in Ungarn einzukaufen.« Er ließ die flache Hand auf die Tischplatte sausen, dass die Flaschen nur so wackelten. Pit atmete ein und aus, bis er sich wieder im Griff hatte. »Ist ja nix gegen einzuwenden. In der Region wird Reet immer seltener. Die Menge, die wir selbst ernten, reicht hinten und vorne nich. Nur muss man jemanden vor Ort haben, dem man vertraut. Oder du fährst selbst hin und guckst, wie dein neuer Partner die Ware erntet und unterbringt. Wenigstens am Anfang.« Penny und Heiner tauschten betretene Blicke.

»Hat er wohl beides nicht, was?« Heiner legte die Stirn in Falten.

»Nee, hat er nicht.« Pit nahm einen kräftigen Schluck. »Die erste Lieferung konntest du komplett schreddern. War alles verschimmelt. Die haben das nicht lange genug trocknen lassen, behaupten aber, es wäre ein Fehler des Transportunternehmens. Die hätten die Bunde nicht ordnungsgemäß gelagert. Nun streiten sich Produzent und Spedition, und Daniel kann lange warten, bis ihm der Schaden ersetzt wird.« Penny verstand natürlich, was an der Situation so bedenklich war. Sie fand allerdings nicht, dass sie etwas über Daniels Fähigkeiten aussagte.

»Hm, der Knabe ist doch sowieso von Beruf Sohn und hat von den Eltern jede Menge Euronen geerbt. Da wird er den Verlust doch verschmerzen, oder nicht?«

»Oder nicht! Das Söhnchen hat nämlich schon fleißig Verträge mit Bauherren gemacht. Die haben Anzahlungen für den Kauf des Reets gemacht, die sie jetzt zurückhaben wollen. Was noch schlimmer ist: Die brauchen im wahrsten Sinne des Wortes ein Dach überm Kopp und lassen sich das jetzt von der Konkurrenz vom Festland machen. Da bezahlen sie mehr, und die Differenz wollen sie von uns ersetzt haben.«

»Ach, du Schande!« Heiner seufzte.

»So doll ist das mit den Euronen sowieso nicht mehr. Dieses Finanzgenie, mit dem Daniel jetzt ständig herumhängt, hat ihm ein paar Investitionen aufgeschwatzt, die meiner Meinung nach keinen Gewinn bringen werden.« Er rollte mit den Augen. »Selbst wenn die sich irgendwann auszahlen, binden sie jetzt erst mal wertvolles Kapital, das wir dringend bräuchten. Wenn das so weitergeht, meldet Daniel Insolvenz an. Dann kann ich mich nach einem Job auf dem Festland umsehen.«

Einige Sekunden war es still in Pennys gemütlicher Wohnküche.

Heiner fand als Erster seine Sprache wieder: »Na, so weit ist es ja noch lange nicht. Ich kann euch was leihen. Habe ich dir damals schon gesagt.«

Wie soll das denn gehen ohne Pit? Der kann uns doch nicht im Stich lassen! Heiner und er, das ist doch meine Familie. Ich kann mir nicht vorstellen … Penny wollte sich einfach nicht ausmalen, wie es ohne ihn wäre. »Außerdem hast du eine ganz solide Dachdeckerausbildung vorzuweisen«, wandte sie ein. »Damit findest du doch auch auf Usedom Arbeit.«

»Du glaubst doch nicht ernsthaft, dass ich bei einem der Kollegen anheuere und Dachziegel eindecke. Nee, da gehe ich lieber aufs Festland!« Penny sah verzweifelt zu Heiner herüber. Die drei waren doch ein Team. Nicht auszudenken, wenn sie auseinandergerissen würden.

Pit leerte die Flasche in einem Zug. »So, Heiner, wollen wir los?«

Sie hatte noch lange an der Tür ihres Häuschens gestanden und Heiners Wagen nachgesehen. Irgendwo quakte eine Kröte, und ein später Vogel zwitscherte einsam seine Melodie. Der Weg zu ihrer Kate war beleuchtet, weiße Glaskugeln, die bewegungsgesteuert angingen und dann zwanzig Minuten brannten. Es war eine einsame Gegend im Hinterland von Ahlbeck. Penny wohnte ziemlich genau zwischen dem Zentrum des Seebades und dem Gothensee. Vor sechs Jahren war sie als Urlauberin gekommen, hatte in einer Regionalzeitung geblättert und die Verkaufsanzeige der alten Forstkate im Wald gelesen. Zwei Seiten weiter hatte die Stellenausschreibung für eine Verwaltungsfachangestellte gestanden. Ein Wink des Schicksals. Jedenfalls hatte sie das so gesehen, sich beworben und das Haus gekauft. Es war ein absolutes Schnäppchen gewesen. Oder auch ein oller Schlorren, wie Pit sich ausgedrückt hatte. Pit – sie hatte ihn engagiert, um zuerst das Reetdach in Ordnung zu bringen. Wegen des Jobs hatte sie schnell einziehen müssen. Viel Komfort brauchte Penny nicht, aber die Eimer und Wannen, die das durch das undichte Dach eindringende Wasser auffingen, waren doch ziemlich im Weg gewesen.

»Wat ham Sie denn da für 'n ollen Schlorren gekauft?«, hatte Pit gesagt, ehe er sie auch nur begrüßt hatte.

Hat er das Hausboot nicht auch so genannt? Ha, mein Haus hat sich zum reinsten Schmuckkästchen gemausert. Mit dem Boot wird das genauso sein. Wirst schon sehen, du alter Brummbär.

Sie lächelte vor sich hin, während sie das Geschirr spülte. So war er eben. Knurrig und skeptisch einerseits, humorvoll und nie um eine Lösung verlegen andererseits. Pit hatte viel mehr getan, als nur das alte Dach in Schuss zu bringen. Das morsche Holzpodest hatte er in der Mittagspause repariert, und für die Veranda hatte er Balken mitgebracht, die die alten verrotteten ersetzten.

»Hatte ich noch im Keller«, hatte er gemurmelt. »Brauchen Sie nicht bezahlen.« Penny war nicht aus Bremen nach Usedom gezogen, sie war geflohen. Ihre Eltern, die nach der ersten Scheidung wieder zueinander gefunden und zum zweiten Mal geheiratet hatten, hatten sich zu dem Zeitpunkt mehr denn je zerfleischt. Die nächste Scheidung hatte unmittelbar bevorgestanden. Penny hatte von alldem so gründlich die Nase voll gehabt, dass die Entscheidung, auf die Insel zu gehen, die einzig richtige war. Bloß weit weg. Nun gut, Usedom und Bremen lagen kilometermäßig nicht schrecklich weit auseinander, und doch lagen Welten dazwischen. Pit war der erste Einheimische, zu dem sie einen engen Kontakt hatte aufbauen können. Jeden Tag kam er auf die Baustelle, erzählte ihr etwas über die Insel und ihre Bewohner, besorgte ihr Ersatzteile für ihren Käfer, der eine Woche nach dem Umzug schlappgemacht hatte. Pit brachte ihr ein Fahrrad mit und hatte für ihre Sorgen, ganz gleich, worum es ging, immer ein offenes Ohr. Anfangs dachte Penny schon, sie hätte sich in ihn verliebt. Doch Pit war zu der Zeit schließlich verheiratet gewesen. Und wenn sie sich mit etwas auskannte, dann war es dieser größte aller Geschlechterirrtümer, der Mann und Frau zu einem Paar machte, nur weil man sich bestens verstand. Großer Fehler. Blieb man befreundet, funktionierte es ein Leben lang. Das bewies ja wohl ihre Beziehung.

Heiner und Pit kannten sich schon seit Ewigkeiten. Als Penny das erste Mal bei *Mundfrischer Fisch* zum Essen gewesen war, hatte Heiner auf seine ungeschickte Art mit ihr geflirtet. Er war geradezu verzweifelt auf der Suche nach einer Partnerin gewesen. Pit hatte ihr Heiners Vorzüge so knallbunt und geradezu gebetsmühlenartig geschildert, dass sie sicherheitshalber Abstand gehalten hatte. Erstens war sie grundsätzlich nicht an diesem Romantikgedöns interessiert, zweitens hatte eine Ware, die perfekt, aber noch zu haben war, doch wohl einen dicken fetten Haken.

Es war Pits Trennungsphase, in der sich das Trio so nahegekommen war, dass sie eine dauerhafte Symbiose eingegangen waren. Symbiose war genau genommen nicht ganz korrekt, denn sie lebten nicht zusammen. Ansonsten passte es aber sehr gut. Schließlich hatte ihre Vergesellschaftung für alle Beteiligten einen Vorteil und steigerte beispielsweise ihre emotionale Überlebenswahrscheinlichkeit. Es war wie bei Clownfisch und Seeanemone. Pit und Heiner waren die Clownfische, die von der Seeanemone, Penny, vor ihren Feinden, etwa Frauen, die auf Geld oder schnelle Abenteuer aus waren, geschützt wurden. Penny genoss ihren Schutz vor ungehobelten Kerlen und Herzensbrechern. Eine perfekte Gemeinschaft.

Die ist in Gefahr! Penny fiel ein Messer aus der Hand, so sehr hatte die Erkenntnis sie erschreckt. Ein merkwürdiges Gefühl beschlich sie. Das hatte sie zuletzt gehabt, als sie geahnt hatte, dass ihr Ex sie betrog.

Warum wanzt sich dieser Eindruck, betrogen zu werden, jetzt an? Wie passt das zusammen?

Im Grunde war Penny froh, dass Pit und Heiner nicht genervt von der Journalistin waren. Immerhin hatte sie diese Verena angeschleppt.

Verena, die Beliebte.

Pit schien schon per du mit ihr zu sein.

Vorsicht, Clownfische, vielleicht haben wir es mit einem Feind zu tun, den wir noch nicht kennen. Wie gut, dass ihr eure Seeanemone habt.

»Liebes Brautpaar, liebe Angehörige, liebe Gäste, wir sind hier auf einer Insel. Überall um uns herum ist Wasser. Ich vergleiche die Ehe deshalb gern mit einer Schifffahrt.«

Braut und Bräutigam saßen mit geröteten Wangen auf den dunklen Holzstühlen, die mit großen weißen Schleifen geschmückt waren. Sie richteten ihren Blick erwartungsvoll auf Penny. Auch die kleine Gesellschaft – es mochten fünfzehn bis zwanzig mehr oder weniger festlich gekleidete Menschen sein – war augenscheinlich für eine hübsche Geschichte über lustig hüpfende Boote auf knallblauem Wasser in Stimmung.

»Sie brechen voller Zuversicht und Vorfreude auf. Am Himmel sind nur wenige Wölkchen, der Wind bläst nicht zu stark, aber auch nicht zu schwach. Es ist ein Tag wie heute.« Das Brautpaar sah sich an.

Herrgott, die lächeln wie japanische Winkekatzen. Ob die etwas eingenommen hatten?

»Doch dann frischt der Wind auf. Das Boot wird in den immer höher werdenden Wellen hin und her geworfen. Sie denken: Ach, das wird schon wieder. Jeder Sturm legt sich einmal.«

Pit erlebt gerade ziemlich stürmische Zeiten. Wenn er damals nicht geheiratet hätte, säße er jetzt nicht in diesem Schlamassel.

»Von wegen! Aus den peitschenden Böen wird ein Unwetter, das sich gewaschen hat.« Einige Gäste sahen sich verunsichert an, das Gesicht der Braut verzog sich ängstlich. »Tja, und dann bricht der Mast. Peng!« Pennys Hand krachte auf den Tisch. Das Paar zuckte zurück, eine ältere Dame wachte auf.

»Ist es zu Ende?«, fragte die alte Dame ihre Sitznachbarin laut genug, um sich selbst hören zu können.

»Ich glaube nicht«, flüsterte die zurück.

Ihr könnt es gar nicht mehr abwarten, euch das Jawort zu geben, stimmt's? Seid ihr euch überhaupt über die Folgen dieses einen Wortes im Klaren? Das ist schlimmer als ein Orkan, das kann euch das ganze Leben versauen. Haus und Hof stehen auf dem Spiel. Ich würde mir das noch mal gut überlegen.

»Wo sind die Schwimmwesten? Ihr müsst erkennen, dass es nur eine an Bord gibt. Was werdet ihr tun, sie dem anderen überlassen und selbst qualvoll ertrinken? Widerliches eisiges Salzwasser schlucken und nach Luft ringen, während der andere sich einfach faul in die Weste hängen und auf Rettung warten kann. Seid ihr bereit, das für den anderen zu tun?«

»Das geht jetzt aber doch ein bisschen zu weit«, meinte ein Mann vorsichtig, vermutlich ein älterer Bruder des Bräutigams. Penny war nicht zu bremsen. »Nein, das ist exakt die

Realität.« Sie blickte in die Runde. »Wir wissen das alle und heiraten trotzdem. Warum?«

Wie die alle gucken ... Jetzt tut doch nicht so! Einige von euch sind mit Sicherheit unter der Haube oder waren es. Gebt es doch zu, ihr wisst genau, wovon ich spreche. Ihr fragt euch auch, warum ihr Ja gesagt habt. Ihr sprecht es nur nicht aus. Schon gar nicht während einer Trauung.

Sie registrierte, dass es totenstill war und alle sie anstarrten. Die Braut unterdrückte mühsam ein Schluchzen. Das brachte Penny wieder zur Besinnung.

Okay, Penny, konzentriere dich. Profi-Modus.

»Warum heiraten wir trotzdem?«, wiederholte sie, dieses Mal in sanftem Ton und mit ihrem Berufslächeln im Gesicht. »Weil wir wissen, dass es funktionieren kann.« Das kollektive Aufatmen wurde vom leisen Schnarchen einer einzelnen Dame flankiert. »Weil der glückliche, in sich ruhende Einhandsegler ein Mythos ist. Wir sind gesellige Wesen. Es ist nicht gut, dass der Mensch allein sei.«

Zu dritt ist besser!

Sie spulte den Text ab, der bisher noch bei allen Paaren und ihren Gästen angekommen war. Es endete, wie es immer endete. Das Jawort wurde einmal gehaucht, einmal geschluchzt. Und bums, war es passiert.

Nachdem diverse Hände geschüttelt waren und Penny ein Foto der gesamten Gesellschaft gemacht hatte, klingelte ihr Mobiltelefon. Ein willkommener Anlass, sich zu verabschieden. Es war der Eigner des Hausboots, das sie sich am Peenemünder Haken angesehen hatte. Er habe jetzt einen Liegeplatz im Hafen von Peenemünde ergattert, erzählte er und bot ihr an, eine Probefahrt mit ihm zu unternehmen, ehe er dort vor Anker ging. Selbstverständlich ließ er nicht unerwähnt, dass sein Schiff an seinem neuen Platz gewiss bald für Aufsehen sorgen und weitere Interessenten anlocken würde. Aber sie solle sich nur nicht bedrängt fühlen. So eine Kaufentscheidung wolle schließlich gut überlegt sein.

»Das ist ja fast wie beim Heiraten«, sagte er lachend.

Fast, nur viel besser. Oder haben Sie schon mal gehört, dass jemand seinen Partner wieder verkauft, wenn er nicht mehr passt, oder dass er ihn irgendwann verschrotten lässt?

Jeder müsse für sich entscheiden, schwadronierte er, ob er sein kleines Paradies auf Erden haben wolle oder nicht. Sein blumiges Geschwafel ging ihr auf die Nerven, die Aussicht auf eine kleine Tour mit dem Boot ihrer Träume ließ ihr Herz dagegen höher schlagen.

»Ich würde das gern mit meinen Freunden absprechen. Ich melde mich gleich wieder bei Ihnen, ja?« Penny wählte zuerst Pits Nummer. Normalerweise lag sein Mobiltelefon immer an einem festen Platz herum, an dem er es garantiert nicht hörte, so dass es die Bezeichnung mobil eigentlich nicht verdiente. Heute hatte sie Glück. Begeistert erzählte sie ihm von der Möglichkeit, das Hausboot im Einsatz erleben und genauer unter die Lupe nehmen zu können.

»Ich weiß, es ist ein bisschen kurzfristig.«

Bitte, Pit, sag ja!

»Ach so, ja, klar, wenn du meinst, dass sie … Ja, ja, die Journalistin und du, ihr seid verabredet, aber doch sicher, um bestimmte Dinge zu erledigen, Befragungen, Fotos und so. Nein, ich dachte ja nur … Na ja, sie ist doch wohl nicht zum Vergnügen hier.«

Nehme ich an.

»Ja, gut, wenn du sonst nicht mitkommen könntest … Nein, das verstehe ich, ihr habt einen Termin. Der geht vor. Gut, dann rufe ich jetzt Heiner an. Und du klärst das in der Zwischenzeit mit Verena. Fein, bis später.«

Gut, dass die bald wieder weg ist. Sonst würde ich meine Jungs am Ende gar nicht mehr zu Gesicht bekommen.

»Heiner, Moin! Du, ich weiß, es ist immer ein bisschen ungünstig, dich kurzfristig und dann auch noch für den frühen Abend aus deinem Laden zu holen. Aber ich hätte dich doch so gerne dabei, wenn ich mit dem Hausboot in See steche.« Sie lachte. »Ja, genau, das vom Peenemünder Haken.« In wenigen Worten setzte sie ihn ins Bild. »Ja, ich finde auch, dass sich das gut anhört. Kriegst du das hin? Schön, ich freue mich. Was? Ach so, verstehe.«

Nö, verstehe ich absolut nicht. Wie kannst du denn gleichzeitig wie Pit mit Verena verabredet sein? Wahrscheinlich hat sie die Termine direkt hintereinandergelegt. Ziemlich effektiv.

»Ich bin noch dran, ja. Du, Heiner, das ist eine schöne Idee, Verena mitzunehmen. Wenn sie denn will. Ich melde mich einfach gleich noch mal. Kannst du mir dann ja … Warte mal, Heiner. Den Anruf kannst du dir sparen. Pit fragt sie schon. Ja, ein Zufall, was?«

Penny hatte die drei um siebzehn Uhr abgeholt. Es war ein wunderbar warmer Maitag. Verena hatte behauptet, das schöne Wetter habe man ihr zu verdanken, es sei immerhin ihr Monat, und sie hatte »Der Mai ist gekommen, die Bäume schlagen aus« angestimmt. Dass dieser Mai kein Ypsilon enthielt, ignorierte sie. Keiner der Männer rollte mit den Augen. Auch Penny, die sich alle Mühe gab, es doof zu finden, dass jemand in einem kleinen Auto ein Volkslied trällerte, war irgendwie gerührt. Verena, sonst eher ein wenig unsicher, hatte keine Scheu, ihrer guten Laune auf diese Weise Ausdruck zu verleihen. Sie hatte eine sehr hübsche Stimme, die gut zum Frühling passte. Nicht zuletzt war Pennys Vorfreude so groß, dass sie sogar »Atemlos durch die Nacht« ertragen hätte.

Sie waren zunächst Richtung Flugplatz gefahren und dann auf eine kleine holprige Straße abgebogen, die durch ein dichtes Waldgebiet direkt zum Ufer führte, an dem die Ostsee in den Greifswalder Bodden strömte.

»Dass der seinen Kahn hier liegen haben darf, geht nicht mit rechten Dingen zu«, murmelte Pit.

»Das hast du letztes Mal schon gesagt.« Penny warf ihm einen kurzen Seitenblick zu. »Es ging wohl nicht anders, der Hafen von Peenemünde ist eben klein. Aber jetzt hat er ja einen Liegeplatz bekommen.«

»Als ob es nur diese Ecke von Usedom gibt.«

»So viele Häfen hat die Insel nun auch nicht zu bieten.«

»Nee, aber der Typ hätte ja auch am Festland bleiben können, auf der anderen Seite der Peene, in Freesendorf oder Lubmin oder wo auch immer.«

»Das wäre für mich aber nicht so günstig gewesen. Am Peenemünder Haken sind wir viel schneller, als wenn wir erst von der Insel runtermüssten.«

»Ich meine ja nur, Penny. Sei vorsichtig! Normalerweise ist das Naturschutzgebiet hier oben für Private tabu. Ich will einfach nicht, dass der dich über den Tisch zieht.«

Sie lächelte ihn an. »Dafür habe ich doch euch. Ihr guckt dem schon ordentlich auf die Finger, da bin ich sicher.«

»Hm.« Pit nickte, sah aber nicht gerade überzeugt aus.

»Sag mal, was riecht hier eigentlich so?« Penny schnupperte. »Bist du das?«

»Nö.« Pit zuckte die Achseln.

Neben einem eingezäunten Areal mit zwei stattlichen Sendemasten hielten sie an. Penny und Pit stiegen aus und befreiten Verena und Heiner aus dem beengten Fond des Wagens.

»Warte, ich helfe dir.« Pit reichte Verena die Hand.

Aha, man ist schon per du.

»Ist das schön hier!« Verena zückte sofort ihre Kamera. Penny mochte diesen Zipfel auch, nur war ihr immer ein wenig mulmig, wenn sie hier war, weil sie die militärische Vergangenheit kannte, na ja, in groben Zügen. Von ehemaligen Bunkern, Resten der Raketenabschussrampen und natürlich vom Sauerstoffwerk und dem riesigen Kraftwerk, dem heutigen Museum, war noch jede Menge zu sehen. Peenemünde wurde von manchem als eigene Insel bezeichnet, verbotene Insel. Zwar war das Nordost-Ende Usedoms viel mehr, leider aber eben auch das: ein einstiges Sperrgebiet und Mahnmal aus wirklich düsteren Zeiten.

»Ist das das Hausboot?« Verena deutete auf das hellblaue Schiff mit dem achteckigen Turm.

Ich sehe weit und breit kein anderes.

»Das ist aber hübsch!« Verena blickte konzentriert durch den Sucher und drehte an dem Objektiv.

»Hübsch teuer und hübsch schrottreif.« Pit verschränkte die Arme vor der Brust.

»Oh! Na ja, so schlimm wird's schon nicht sein.« Schon hatte Verena wieder den Fotoapparat vor der Nase. »Ich kann dir, oh Verzeihung, Ihnen Bilder schicken, wenn Sie mögen. Wenn es mal Ihnen gehört, sind die Fotos doch eine schöne Erinnerung an die erste Fahrt. Ist doch die erste Fahrt, oder?«

»Das wäre nett, ja. Übrigens, wir können uns auch gerne duzen. – Penny.«

»Gern.« Ihre Augen hatten einen warmen Glanz, als wäre Weihnachten und man säße am Kamin. »Verena.«

Verena duftete nach Veilchen. Das hatte nichts mit dem kräftigen Geruch zu tun, der Penny im Auto aufgefallen war. Sie schlenderte in Heiners Richtung.

Er ist es. Eindeutig!

»Mensch, Heiner, du riechst ja wie ein kompletter Drogeriemarkt«, raunte sie ihm zu.

»Magst du's nicht?«

Sie schnupperte. »Doch, schon. Ist vielleicht ein bisschen zu dick aufgetragen.«

»Dezent brauche ich's gar nicht versuchen. Den Fischgeruch überdeckst du nicht so leicht.«

»Schon klar. Das war dir doch sonst auch egal. Hast du nicht immer gesagt, Fischaroma wäre das beste Parfüm der Welt?«

»Man kann ja mal was anders machen«, entgegnete er kurz.

In dem Moment war ein Motorengeräusch zu hören. In einer Staubwolke kam der silberne Mercedes von Dieter Lehmann mit überhöhter Geschwindigkeit den Weg herauf. Er trug eine froschgrüne Hose und ein weißes Hemd. Das Sakko trug er lässig über der rechten Schulter.

»Hallo, Frau Anders, schön, dass es geklappt hat.« Lehmann stürzte geradewegs auf Penny zu und schüttelte ihr die Hand. Die anderen begrüßte er mit einem sparsamen Nicken. Es wäre ihm lieber gewesen, mit seiner Kaufinteressentin alleine herauszufahren. Das hätte es ihm leichter gemacht, sie einzuwickeln, dachte er vermutlich. Und er hätte damit sogar recht.

»Nicht böse sein, dass wir gleich als Quartett auftauchen. Herrn Luhrow und Herrn Mund kennen Sie ja schon. Die Meinung der beiden Herren bedeutet mir wirklich viel. Frau May mussten wir mitnehmen.« Penny erntete böse Blicke von Pit und Heiner. Verena hatte nichts mitbekommen. »Es war nicht so gemeint, wie es geklungen hat. Ich meine, ohne Frau May hätten auch die beiden Herren nicht mitfahren können, weil sie einen Termin zusammen hatten.«

Jetzt hatte Verena ihren Namen gehört. »Das ist so nett, dass Sie mich mitnehmen. Wann hat man schon die Gelegenheit, mit einem so schnuckeligen Hausboot fahren zu können? Und auch auf einer Dienstreise muss ja irgendwann mal Feierabend sein, nicht?« Sie lachte. Lehmann starrte sie an, als habe er soeben eine neue Spezies entdeckt.

Ist ja interessant. Sie hat also Feierabend. Ich denke, sie war mit den Jungs für weitere Interviews oder Fotos verabredet. Ziemlich eigenartig.

»Ja, äh, kein Problem. Ist ja Platz genug auf dem Boot.« Lehmann sah wenig begeistert in die Runde. Als er bei Verena angelangt war, wanderten seine Augen an ihr herunter. »Aber nicht mit den Schuhen.« Alle Blicke hefteten sich auf Verenas Füße.

»Kein Problem.« Sie schlüpfte aus den Pumps. »Pfennigabsätze stehen sowieso eher dir zu, Penny.« Sie kicherte.

»Dann wollen wir mal.« Lehmann ging voran.

Von dem hölzernen Aufbau blätterte die Farbe ab. Das war Penny letztes Mal gar nicht aufgefallen. Auch bei dem erneuten Rundgang durch sämtliche Räume, den Verena mit mehrfachen Begeisterungsrufen garnierte, fielen ihr jetzt Dinge ins Auge, die sie bei der ersten Besichtigung gar nicht wahrgenommen hatte.

Das sind Kleinigkeiten, Schönheitsfehler. Mit ein bisschen frischem Lack, etwas Leim, Hammer und Nägeln ist das meiste zu beheben. Ich werde es »Trio Infernale« nennen. Dann darf es auch ein paar Macken haben. Haben wir ja auch.

Der Rundgang endete auf dem Sonnendeck.

Dieter Lehmann spannte einen dunkelblauen Marktschirm auf.

»Der hat den und noch einen alten«, brummte Pit. Tatsächlich war der Stoff an einer Stelle ausgerissen und fast überall stark ausgefranst. Die Mechanik schien auch ein Problem zu haben, denn Lehmann hatte mehrere Anläufe gebraucht und war zwischendurch zur Hälfte unter dem Textil verschwunden, ehe die Sitzgruppe – weiße Plastikmöbel – im Schatten lag.

»Wir wollten uns hier eigentlich demnächst neue Möbel anschaffen. Teak, dachten wir. So Deckchairs. Kennen Sie vielleicht. Aber das lohnt sich ja jetzt nicht mehr. Können Sie sich ja überlegen. Einen neuen Schirm spendiere ich Ihnen noch, wenn Sie sich zum Kauf entscheiden.«

»Das ist aber nett.« Penny stellte sich Holzstühle und einen großen Tisch unter einem neuen Marktschirm vor. Sie seufzte.

Das wird einfach nur schön!

»So, jetzt kommt noch die Überraschung.« Lehmann schwoll förmlich die Brust. »Wir schippern nicht einfach in den Hafen von Peenemünde. Würde sich doch gar nicht lohnen. Wir fahren zur Greifswalder Oie und dann in den Hafen. Sie haben doch alle ein bisschen Zeit mitgebracht?«

»Wirklich? Aber ja!« Penny sah die anderen glücklich an. »Das ist eine tolle Überraschung. Vielen Dank, Herr Lehmann.«

»Sie sollen dieses herrliche Schiffchen doch gründlich kennenlernen.« Er tätschelte ihr vertraulich die Schulter und zog sich zurück, um den Außenborder zu starten.

»Es kann nicht in seinem Interesse sein, dass du den ollen Schlorren wirklich gründlich kennenlernst.« Pit beugte sich zu ihr herüber. »Hast du gesehen, dass im Salon die Fensterrahmen schwarz werden? Und unten im Wohnzimmer kommt das Laminat hoch. Ich wette, wenn du die ganzen kleinen Teppiche und Läufer hochnimmst, kriegst du einen Schock.«

Heiner legte die Arme auf den fleckigen Plastiktisch und lehnte sich weit vor.

»Der fährt mit uns zur Greifswalder Oie? Ist dem klar, dass das verboten ist?«

»Bist du sicher?« Verena machte große Augen. »Solltest du ihm das nicht sagen? Womöglich verliert er seinen Führerschein.«

»Das ist doch nicht verboten, da fahren doch jeden Tag Ausflugsschiffe hin«, schaltete Penny sich ein. »Ich sagte doch, ich wollte auch längst hingefahren sein. Hat sich aber nie ergeben.«

»Ja, so ist das. Je dichter man dran ist …« Verena sah in verdutzte Gesichter. »Ich wollte auch schon längst in der Reichstagskuppel gewesen sein. Aber alleine? Und wenn ich Besuch hatte, war das Programm immer schon so voll.«

»Heiner hat recht.« Pit sah besorgt aus. »Die Ausflugsschiffe sind die einzigen, die die Oie anlaufen dürfen. Die Insel steht unter Naturschutz und hat eine Vogelwarte. Jeden Tag darf nur eine begrenzte Personenzahl rüberfahren. Für Segler oder Leute, die mal eben spontan anlegen wollen, ist die Oie tabu.«

»Für die meisten.« Lehmann trat aus dem Salon. Niemand hatte ihn kommen hören. »Ausnahmen sind nicht ganz billig.« Er zog überheblich die Augenbrauen hoch. »Aber wir alle wollen doch das Besondere, richtig? Normal kann ja jeder.« Er zuckte lässig die Schultern. »Was man mit Geld erledigen kann, ist doch keine Schande. Kommen Sie, Frau Anders, leisten Sie mir Gesellschaft im Führerstand. Dann können Sie Ihr zukünftiges mobiles Zuhause gleich mal steuern.«

»Gerne.« Penny sprang auf.

Er deutete mit dem Kopf auf eine Flasche, die auf dem Tisch stand. »Und Sie können derweil den Sekt köpfen. Kleine Aufmerksamkeit des Hauses.« Penny folgte ihm. »Schade, dass es an Deck keinen zweiten Führerstand gibt.« Das war das Einzige, das sie massiv störte. »Von dort hätte man einen guten Blick, und man wäre mit seinen Mitfahrern zusammen.« Sie ließ sich neben ihm nieder und betrachtete die vielen Schalter und Hebel.

»Ach, wissen Sie, Frau Anders, das ist schon sehr gut überlegt. Ich habe Ihnen doch gesagt, dass das Boot nach meinen Plänen gebaut wurde, oder?« Sie nickte. »Sehen Sie durch die Fenster! Mehr Rundumblick brauchen Sie nicht. Und glauben Sie mir, gerade wenn Sie lange unterwegs sind, sind Sie ganz froh, mal für sich zu sein. In jedem Skipper steckt doch ein einsamer Wolf, ein Einhandsegler, einer, der in sich ruht und im Grunde niemanden braucht.«

Ach ja? In mir nicht.

»Immer zusammen, auf engstem Raum, da sind Auszeiten einfach wichtig. Sie werden es genießen, sich in Ihren Führerstand zurückzuziehen. Ich sag immer: So ein Hausboot verbindet oder trennt. Und zwar gründlich.«

»Wenn es die Menschen, die zusammen unterwegs sind, noch stärker miteinander verbinden würde, wäre es ja schön.«

Wenn es sie trennen würde, wäre es meine persönliche Katastrophe.

»Aber sicher! Diese Lady hier auf jeden Fall. Sehen Sie, deshalb würde ich nie ein kleineres Modell kaufen. Hier gibt es wenigstens Platz, um mal für sich zu sein. Einer sonnt sich draußen auf dem Deck, einer steuert, einer liest im Salon, und die vierte macht schon mal was zu essen.«

»Wir sind nur zu dritt. Also später auf größeren Fahrten.«

»Ach so, ich dachte … Dann sind der ruhigere Herr und die Dame mit dem originellen Lachen kein Paar?«

»Wie bitte? Aber nein!«

Absurder Gedanke! Warum hältst du nicht gleich Pit und Verena für ein Paar, das wäre ja noch besser.

»Ist ja auch egal. Ist Ihre Sache, mit wie vielen Personen Sie die Lady nutzen wollen. Auf jeden Fall sollten Sie sich bald entscheiden.«

»Ich dachte, es eilt nicht so.«

»Nein, im Grunde nicht. Je länger ich aber Zeit habe, es mir auch noch mal zu überlegen, desto schlechter sieht es für Sie aus.« Er lachte. »Wissen Sie, meine Kinder schimpfen mit mir, weil ich verkaufen will. Sie wollen das Boot selbst übernehmen. Na ja, die sind noch nicht so weit. Andererseits … Ist eigentlich eine Schande, das gute Stück herzugeben. Und dann für den Preis! Es ist das Paradies. Und das ist unbezahlbar.«

»Geht 's auch eine Nummer kleiner?«

Ruhig Blut, Penny, das ist reine Verkaufsstrategie. Mist, was, wenn nicht? Jetzt bloß nicht unter Druck setzen lassen. Soll er ruhig ein bisschen schmoren.

»Dann lasse ich Sie mal allein, Sie einsamer Skipper.« Sie ging in den Salon und trat von dort hinaus auf das Sonnendeck. Die Flasche Sekt stand unberührt auf dem Tisch und wurde vermutlich langsam warm. In der Ferne kam bereits die Oie in Sicht.

»Da bist du ja. Wir unterhalten uns gerade über Horoskope. Welches Sternzeichen bist du? Warte, nichts sagen, ich will raten.« Verena legte den Kopf zur Seite und sah Penny an, als könne sie an äußeren Merkmalen erkennen, an welchem Tag in welchem Monat sie geboren worden war. »Du bist bestimmt Jungfrau. Also als Sternzeichen«, ergänzte sie eilig.

»Schon klar, denn darüber redet ihr ja gerade.«

»Stimmt.« Verena lachte. Alle drei mussten auch kichern. »Nein, warte, ich glaube, du bist eher Waage. Die sind harmoniebedürftig, mal himmelhoch jauchzend, dann zu Tode betrübt. Waagen sind ausgleichende Wesen mit großem Gerechtigkeitssinn und einem ausgeprägten Gefühl für Ästhetik.«

»Du musst bedenken, dass sie diesen Kahn kaufen will«,

ging Pit dazwischen. »Wie passt das mit Ästhetik zusammen?«

»Witzig, Pit, echt!« Penny knuffte ihn. »Tja, Verena, obwohl die Eigenschaften mich ziemlich gut beschreiben«, sie warf Pit einen warnenden Blick zu, »liegst du sternzeichenmäßig daneben. Ich bin Löwe.«

»Tatsächlich? Löwe also.« Verena sah Penny an und dachte nach. »Dann bist du tendenziell optimistisch, stolz, gesellig. Du liebst das Leben. Ein Hang zum Verschwenderischen könnte gegeben sein.«

»Das kann man wohl sagen.« Pit grinste selbstzufrieden.

»Okay, jetzt die Männer.« Verena sah von einem zum anderen.

»Nee, jetzt die Oie.« Pit starrte zur kleinen Kaimauer hinüber, die dicht vor ihnen auftauchte.

»Der legt tatsächlich an.« Penny hatte Heiner selten so fassungslos gesehen.

Der Motor des Hausbootes verstummte. Lehmann warf einem Mann, der aus dem Nichts aufgetaucht war, eine Leine zu.

»Ausflug«, rief Verena fröhlich und sprang auf.

»Sieht ganz so aus«, meinte Heiner ungläubig und erhob sich ebenfalls.

Die drei verschwanden in den Salon, wild entschlossen, das Schiff zu verlassen. Penny stand an der Reling und beobachtete, wie Lehmann betont lässig von Bord sprang. Der Mann, der die Leine mit routiniertem Griff festgemacht hatte, war alles andere als lässig. Er wirkte nervös, trat auf Lehmann zu und redete auf ihn ein.

Ausflug abgeblasen, fürchte ich.

Sie konnte nur einzelne Wörter verstehen, aber es lag auf der Hand, dass die beiden stritten. Lehmann schlug sich immer wieder mit den Fäusten auf die Oberschenkel, drehte sich von seinem Gegenüber weg, schüttelte den Kopf und strich sich die gelglänzenden Haare zurück. Penny ließ ihren Blick über das winzige Eiland schweifen. Auf saftig grünen Wiesen blühten weiße und gelbe Frühlingsblumen. Hier und da ein Haus, aber vor allem wilde Natur. Auf der anderen Seite reckte der rote Backstein-Leuchtturm seinen Helm in den blauen Himmel. Sie hätte ihn gern aus der Nähe betrachtet. Von dort oben musste man eine grandiose Sicht haben.

Wirklich schade.

Pit kam als Erster zurück. »Was man mit Geld erledigen kann, ist keine Schande.« Er grinste breit. »Wenn einer knauserig ist, wird aber nix erledigt. Ist eine Schande!«

»Schade, ich hätte mir die Miniinsel gern angesehen.«

»Dann buche dir ein Ticket, wie alle anderen Menschen auch. Mann, Penny, der Typ hat jemanden von der Vogelwarte bestochen, um dir zu imponieren. Das ist doch Mist.«

Hast ja recht.

»Du kannst es doch sonst auch nicht leiden, wenn einer gleicher ist als alle anderen.«

»Hast ja recht.«

Lehmann machte eine wegwerfende Handbewegung, die sehr endgültig aussah. Verena und Heiner kamen zurück auf das Sonnendeck.

»Schade, das sieht alles so hübsch aus. Ich wäre hier gern ein bisschen herumgelaufen.«

»Hast nichts verpasst«, tröstete Heiner sie. »Eigentlich siehst du von hier schon alles. Viel mehr ist da nicht. Das war mal militärisches Sperrgebiet, gehörte zur Heeresversuchsanstalt von Peenemünde«, erklärte er. »Eine Zeitlang hat sich niemand um die Insel gekümmert. Die Gebäude sind verkommen oder wurden von Vandalen, die heimlich mit Booten gekommen sind, übel zugerichtet.«

»Hat der Leuchtturm auch etwas abbekommen?« Verena sah ihn beinahe ängstlich an. »Der ist so hübsch.«

»Das ist er tatsächlich.« Heiner machte es sich wieder in einem der Plastikstühle bequem. »Kein Geringerer als Friedrich Wilhelm IV. von Preußen hat den Grundstein gelegt. Nun ist der Turm über hundertsechzig Jahre alt, und sein Leuchtfeuer strahlt noch immer am hellsten von allen im ganzen Land.«

»Echt?« Pit machte große Augen. »Das wusste ich auch noch nicht.«

»So, die Herrschaften, nächster Halt Peenemünde Hafen.« Lehmann stand in der Tür des Salons. »Diese Schifffahrt endet dort. Wir bitten alle Passagiere, dort auszusteigen.« Er setzte eine Miene auf, die seine schlechte Laune nur unzureichend kaschieren konnte.

»Wir wären auch hier gern ausgestiegen«, sagte Verena. »Was war denn los, dass es doch nicht geklappt hat mit Ihrer Überraschung?«

Treffer, versenkt. Ein Hoch auf Verenas direkte Art!

»Na, hören Sie mal, die Überraschung war die Fahrt zur Greifswalder Oie. Der Weg ist das Ziel. Vom Haken in den Hafen wäre viel kürzer gewesen.«

»Das haben Sie vorhin aber nicht gesagt. Da ging es doch gerade darum, dass Privatleute nicht so einfach anlegen und die Insel spontan besuchen können. Wir aber schon. Wegen der kostspieligen Ausnahmen, wie Sie sagten.« Es sah nicht aus, als wollte sie ihn provozieren. Es interessierte sie einfach, warum sich der Plan geändert hatte.

»Dann ist das heute eben mal eine Ausnahme von der Ausnahme«, erklärte Lehmann barsch, machte kehrt, und weg war er. Kurz darauf war der Außenborder zu hören. Sie schipperten zurück in Richtung Usedom.

Verena zückte einen Taschenspiegel und zog sich die Lippen nach. Dann band sie ihr Chiffontuch ab, das sie um den Hals getragen hatte, und schlang es sich um den Kopf. Mit ihrer riesigen Sonnenbrille sah sie aus wie ein Filmstar der Fünfziger. Penny suchte Blickkontakt zu Pit oder Heiner. Diese Verena war nett, aber sehr speziell. Sie war sicher, die Jungs dachten genauso. Doch die bemerkten nicht, dass Penny Kontakt aufzunehmen versuchte.

Oder die wollen es nicht merken. Irgendwas ist anders, seit sie da ist. Diese angetuschte Großstadtpflanze verdreht meinen beiden doch nicht den Kopf?

»Wie wäre es jetzt mit einem Sekt?« Penny sah lächelnd in die Runde. Sie hatte nicht vor, sich ihre erste Fahrt mit ihrem zukünftigen schwimmenden Zuhause vermiesen zu lassen. Heiner griff sofort zur Flasche. Er war Gastronom durch und durch.

»Ganz warm.« Er verzog das Gesicht und stellte die Buddel wieder hin. Pit machte auch keine Anstalten, sie zu öffnen.

»Also ehrlich, ihr Spaßverderber!« Penny schnappte sich die Flasche.

»Sie hat recht. Man muss immer das Beste aus allem machen. Genießen wir die Fahrt!« Verena verteilte die Gläser.

»Man muss aber auch immer eine Lehre ziehen.« Pit sah Penny eindringlich an. »Lehmann ist nicht ganz koscher. Mit so einem solltest du keine Geschäfte machen.«

»Ich bin an dem Boot interessiert, nicht an dem Mann.«

»Das wäre ja noch schöner«, brummte Pit finster.

»Ihr müsst mir noch eure Sternzeichen verraten.« Verena hatte die Enttäuschung, nicht aussteigen zu dürfen, offenbar verkraftet. «Heiner, was bist du?«

»Ich bin Fisch.« Er sah sie schüchtern an, als wüsste sie nun alles über ihn.

»Was sonst?«, witzelte Pit.

»Oho! Der Fisch ist aufrichtig, verantwortungsbewusst, kreativ und hat ein großes Herz. Das vor allem.« Sie lächelte ihr warmes Kamin-Lächeln und sah ihm in die Augen. Heiners Wangen färbten sich rosa, und das lag bestimmt nicht an der Sonne.

»Darauf trinken wir.« Penny hob das Glas.

Und auf mein Hausboot.

»Stimmt tatsächlich alles, die Beschreibung des Fisches, meine ich.« Penny dachte kurz nach. »Bis auf die Kreativität.« Sie nahm einen Schluck lauwarmen Sekt und verzog das Gesicht.

»Wieso?« Heiner sah gekränkt aus.

»Na ja, bisher hast du mir noch nie ein Gedicht geschrieben, und ich habe auch noch keine Skulptur von dir gesehen.«

Wieso guckt der so säuerlich? Ist doch nicht böse gemeint.

»Wenn du kreativ unterwegs bist, versteckst du das aber gut.« Sie zwinkerte ihm zu, doch er ging nicht darauf ein.

»Ich habe immerhin Malerei studiert. Also, ich habe das Studium angefangen.«

»Das wusste ich gar nicht.« Penny war von den Socken. Sie waren Freunde. Da wusste man so etwas doch voneinander. »Warum hast du das nie erzählt?«

Heiner sah sie kurz an, sagte aber nichts.

»Das wusstest du nicht?« Verena sah sie überrascht an. »Die Wandgemälde in seinem Lokal sind alle von ihm. Ich dachte, ihr kennt euch sehr gut.«

Ja, danke, bohre ruhig ordentlich mit dem Messer in der Wunde herum.

»Die hast du gemalt? Aber wieso?« Penny nahm einen kräftigen Schluck.

»Du hast nie gefragt. Genau wie die meisten Reporter. Die wollten immer nur wissen, wer alles in meinem Imbiss verkehrt, welche Promis. Verena interessiert sich wirklich für mich. Also für meinen Laden, mein Handwerk. Das finde ich gut«, sagte er leise und senkte den Blick. »Es war nicht mein Traum, Fisch zu fangen, zu räuchern und zu verkaufen.« Penny fühlte sich unbehaglich. Bisher war sie davon ausgegangen, dass genau das sein Traum war.

»Warum hast du das Studium nicht beendet?«, wollte sie wissen.

Er zögerte. Anscheinend war er nicht sicher, ob er darüber reden wollte. Hier und jetzt.

»Meine Mutter ist krank geworden«, sagte er unvermittelt. »Krebs. Als sie das festgestellt haben, war schon nichts mehr zu machen.« Seine Stimme klang ganz fremd. Er war kaum zu verstehen. »Vaddern hatte den Betrieb, ist nachts raus, die Netze reinholen, hat sich kurz aufs Ohr gehauen und dann weitergearbeitet. Er hat den Imbiss aufgebaut. Nebenbei sozusagen. Da war keine Zeit, auch noch seine Frau zu pflegen. Hätte er auch gar nicht gekonnt. Wie denn?«

»Du hattest auch was anderes zu tun und wusstest genauso wenig, wie es geht.« Pit beobachtete seinen alten Kumpel.

»Hab's halt gelernt.«

»Du hast deine Mutter gepflegt?« Penny sah ihn vor sich, wie er mit dem Boot hereinkam oder seinen Altonaer Ofen bestückte. Es fiel ihr schwer, ihn sich am Bett einer hilfsbedürftigen Frau vorzustellen. Andererseits hatte sie schon manches Mal bemerkt, wie behutsam er sein konnte.

»Ich wollte nicht, dass sie von Fremden betreut wird. Das habe ich nicht übers Herz gebracht. Ich habe mein Studium unterbrochen und bin nach Hause.« Er wirkte auf einmal kleiner als sonst. »Die hatten gesagt, das dauert nicht mehr lange. Gut, dachte ich, dann kriege ich das schon hin. Dass sie noch über zwei Jahre gelebt hat, hat niemand geglaubt. Na ja, was man so gelebt nennt.«

Eine Möwe flog kreischend über das Boot. Niemand sagte etwas. Es griff nicht einmal jemand nach seinem Glas. Sie passierten die Insel Ruden, die platt wie eine Sandbank in der Ostsee lag. Ein Turm erhob sich darauf, ein Stück weiter ein kleiner Hof. Das war alles. Absolute Einsamkeit, wenn man von den Kormoranen absah, die in reicher Zahl den Küstenstreifen bevölkerten. Sie stiegen auf, stießen hinab in das Wasser und kamen nicht selten mit einem Fisch im Schnabel zurück. Das schwarze Gefieder glänzte nass. Kein Wunder, dass man die Kormorane auch Meerraben nannte.

»Mein Studium brauchte ich dann jedenfalls nicht mehr fortsetzen«, sagte Heiner in die Stille.

»Ach, das ist so traurig.« Verena tupfte sich die Augen, die hinter tellergroßen Brillengläsern verborgen waren, und leerte ihr Glas in einem Zug. »Ich finde es aber toll, dass du dich um deine Mutter gekümmert hast. Das war die richtige Entscheidung.«

Wie macht sie das, wie trifft sie genau den richtigen Ton?

»Für mein Studium nicht.« Heiner lachte traurig.

»Aber für dein Leben«, beteuerte Verena voller Überzeugung. Penny hatte ihr nachgeschenkt, und sie trank sofort wieder einen großen Schluck. »Studium und Beruf sind doch nicht alles.« Ihre Stimme wurde irgendwie wattig, und sie war lauter als vorher. Anscheinend vertrug Verena nicht besonders viel, zumindest nicht bei der Wärme, oder sie hatte einfach zu schnell getrunken. »Apropos«, brachte sie hochkonzentriert heraus. »Penny, du hast doch den abscholuten, den absoluten Traumjob.«

»Ich? Wie kommst du darauf?

»Ist doch logisch.« Sie wedelte unkoordiniert vor ihrem Gesicht herum. »Du hast es nur mit glücklichen Menschen zu tun. Jeden Tag. Ist doch schuper.«

Pit schmunzelte, auch Heiner hatte endlich wieder ein Lächeln auf den Lippen.

»Schön wär's. Leider habe ich es meistens mit geistig Umnachteten zu tun. Die sind verliebt und glauben, dass ihre vermeintliche Liebe für ein ganzes Leben reicht. Dabei ist das ein Phänomen, das nur in absoluten Ausnahmefällen auftritt. Und was von Ausnahmen zu halten ist, haben wir ja gerade gesehen.«

»Trotzdem«, nuschelte Verena und schenkte sich noch ein Schlückchen ein. Sie erledigte die Aufmerksamkeit des Hauses fast im Alleingang.

»Ich habe vorhin gerade ein Paar getroffen, das ich vor einem Jahr getraut habe. Vor einem Jahr! Er sucht sich gerade eine Wohnung, weil sie die Trennung will. Sie meint, sie muss jetzt mal etwas nur für sich machen, zu sich selbst finden. Sie könnte nicht immer nur Rücksicht auf ihren Mann nehmen. So etwas weiß man doch vorher.« Penny schnaufte. »Die Erkenntnis trifft mich doch nicht nach einem Jahr wie die unbefleckte Empfängnis.«

»Außerdem muss man immer Rückschicht auf den anderen nehmen. Schonscht funktioniert's nicht.«

»Ganz deiner Meinung, Verena. Leider ist das den meisten Heiratskandidaten nicht bewusst. Sie wollen schön feiern und danach ein Leben lang auf einem Podest stehen und bewundert werden. Wenn sie ihren Partner aber auch mal auf Händen tragen sollen, heben sie sich gleich einen Bruch. Nein, als Standesbeamtin bist du Erfüllungsgehilfin in einem Katastrophenszenario. Das ist alles andere als schön.«

»Ist doch Quatsch«, polterte Pit plötzlich. »Nur weil es bei so vielen nicht klappt, ist das doch keine Bestätigung dafür, dass die Ehe grundsätzlich schlecht ist.«

»Das sagt ja der Richtige.«

Pit funkelte sie böse an.

Mist, erst denken, dann sprechen. Oder einfach mal die Klappe halten.

»Da hast du völlig recht, Penny. Im Gegensatz zu dir kenne ich die Ehe aus eigener Anschauung. Trotzdem bin ich nicht verbiestert und halte alle für hoffnungslos verblödet, weil sie den Schritt wagen. Es kann auch gut gehen. Es ist jedes Mal eine Chance, Penny, und du hast das Privileg, dabei zu sein. Verena hat ganz recht, wenn sie das für einen guten Job hält.«

Verena hat ganz recht …

»Ich bin nicht verbiestert«, maulte sie. »Muss ja jeder selbst wissen, was er tut. Ich gebe nur wieder, was ich erlebe. Und das ist eben, dass es meistens nicht gut geht. Außerdem sind Eheschließungen nicht die einzige Aufgabe einer Standesbeamtin, wie ihr wissen solltet. Die Beurkundung von Sterbefällen ist auch mein Job. So viel zu: Du hast es nur mit glücklichen Menschen zu tun. Denkt, was ihr wollt, aber ich finde, es gibt eine Menge erfreulichere Berufe. Jedenfalls habe ich mir diesen Traumjob nicht ausgesucht. Ich hätte gern etwas anderes in der Verwaltung gemacht.« Sie verdrehte die Augen.

Eine Weile blieb es still. Penny hoffte beinahe, dass Verena sich etwas einfallen ließ, um die Stimmung aufzuheitern, doch sie schwieg hinter ihrer Sonnenbrille. »In Sachen Ehe kann ich auf eigene Anschauung übrigens bestens verzichten«, behauptete Penny, um dieses lähmende Schweigen zu brechen. »Ich fühle mich sehr wohl mit unserem Trio.«

So, wäre das auch gleich mal klargestellt.

»Oho«, machte Verena. »Drei sind einer zu viel.«

»So ein Blödsinn. Im Gegenteil: Aller guten Dinge sind drei!«

»Nein, nein, Frau Anders, Sie müssen sich schon entscheiden.« Verena bemühte sich um einen strengen Ton, musste aber kichern.

»Jetzt wird sie albern«, meinte Penny schmunzelnd.

»Von wegen.« Pit sah ihr ernst in die Augen. »Kinder und Betrunkene sagen die Wahrheit.« Penny hielt seinem Blick stand. Es fiel ihr nicht leicht. Was war das für ein eigenartiges Gefühl, das sich da in ihr ausbreitete?

»Ich heiße Anders«, plapperte Verena. »Ja, wie denn?« Sie wollte sich ausschütten. »Warte, mir fällt noch einer ein: Nun halt doch mal den Mund!« Sie nahm Heiners Hand und sagte: »Gerne. Hihihi. Versteht ihr? Heiner Mund. Halt den Mund.« Jetzt mussten die anderen auch lachen. »Stell dir vor, Penny, du hättest mal einen Mark gekannt. Hihihi.«

»Ich kannte mal einen, aber die Zeiten sind vorbei.« Das allgemeine Gegacker wurde immer schlimmer.

»Und Euro heißt ja keiner.« Pit schlug sich auf den Schenkel. Verena konnte sich nicht beruhigen, und wenn sie lachte, konnte man nicht anders, als sich ebenfalls auszuschütten.

»Sie verträgt wirklich nichts«, flüsterte Heiner, als er zu Atem kam. »Niedlich.«

Verena stand auf, schwankte bedenklich, hatte dann aber ihre Balance gefunden.

»Ich fühle mich scho frei«, verkündete sie mit entrückter Stimme. »Wie Kate Winschlet auf der Titanic.«

Fehlt nur noch, dass sie sich an den Bug stellt und die Arme ausbreitet. O nein, als hätte ich's geahnt.

»Ich fliege«, rief Verena Winschlet, warf den Kopf in den Nacken und mutierte zu Flipper. Zumindest akustisch.

Mein Freund heißt Flipper, Flipper. Jeder liebt ihn, den klugen Delfin. Na ja, klug …? Aber niedlich.

Als sie den Hafen von Peenemünde erreichten, ging die Sonne langsam unter. Das Wasser glitzerte und leuchtete, als hätte jemand einen Eimer Orange hineingekippt.

»Ist das schön!« Verena seufzte tief.

Stimmt.

»Schade, dass wir schon auschsteigen müssen. Dasch Boot ist toll, ich würde es schofort kaufen. Alscho, wenn ich könnte. Dann würde ich.«

»Keine gute Idee«, brummte Pit.

»Wischt ihr, wasch ich auscherdem gerne würde, wenn ich könnte?«

»Na?« Penny war wirklich gespannt, was jetzt kam.

»Einen Lenkdrachen steigen laschen. Hihi, laschen … Ups.« Das Boot war gegen die Kaimauer gestoßen. Lehmann machte routiniert die Leine fest und verschwand sofort wieder aus dem Blick. Im nächsten Moment verstummte der Motor.

»Tja, da wären wir. Dieses Mal bitten wir wirklich alle Fahrgäste, auszusteigen.« Heiner reichte Verena die Hand.

Heiner, der heimliche Maler und der duftende Kavalier. Überraschung.

Die Männer schlenderten mit Verena zum U-Boot, während sich Penny von Lehmann verabschiedete.

»Ich hoffe, es hat gefallen. Trotz der Planänderung. Es ging ja nicht um Sightseeing, sondern um das Hausboot.«

»Das stimmt. Vielen Dank, dass Sie uns auf kleine Fahrt mitgenommen haben.« Sie reichte ihm die Hand. »Ich überlege es mir und melde mich bei Ihnen.«

»Machen Sie das! Wie ich Ihnen sagte, jeder entscheidet selbst, ob er das Paradies auf Erden oder besser auf See haben will oder nicht.«Penny schloss zu den anderen auf.

Pit fixierte sie. »Du hast dem Kerl hoffentlich keine Zusage gegeben.«

»Nein, habe ich nicht. Für wie blöd hältst du mich?«

»Ich halte dich nicht für blöd, Penny. Die Gefahr ist nur groß, dass man etwas übersieht oder überstürzt, wenn man es zu sehr will.«

Was ist das denn für ein Blick? Irgendwie kenne ich meine Jungs heute beide nicht wieder.

»Keine Sorge, ich schalte trotzdem mein Hirn ein, bevor ich etwas unterschreibe.«

»Gut. Wollen wir uns dann langsam mal auf den Weg machen?«

»Huch, wir haben gar kein Auto!« Verena sah von einem zum anderen. »Der Käfer steht am Haken.« Sie kicherte schon wieder. »Oder wie das heischt. Heißt«, verbesserte sie sich.

»So ein Pech.« Pit schlug sich übertrieben an die Stirn. »Da müssen wir nun wohl laufen.«

»Ach, ist ja nicht so weit. Etwas Bewegung tut uns ganz gut.« Penny machte Anstalten, loszugehen.

»Nicht weit?« Verena nahm endlich ihre Sonnenbrille ab. Inzwischen war es dunkel.

»Höchstens drei Stunden.« Penny sah die Männer an. »Oder was meint ihr?«

»Drei Stunden?« Verenas Ton lag zwischen Panik und Verzweiflung.

»Die beiden machen Witze. Mein Wagen steht da hinten auf dem Parkplatz.«

»Mann, Heiner, du Spielverderber.« Pit schubste ihn von der Seite, so dass er einen Ausfallschritt machen musste. »Na, noch wackelig von der Schiffstour?«

»Blödmann.«

»Die haben mich auf den Arm genommen?« Verena war erleichtert und gab den Turbo-Flipper. »Das mit dem Lenkdrachen«, begann sie, als sie in Heiners Wagen saßen, »kann mir das jemand von euch zeigen?«

»Klar«, erwiderten Pit und Heiner gleichzeitig.

»Wirklich? Das wäre toll. Ihr seid so nett, ich bin so gern mit euch zusammen.«

Ich denke, du bist hier, um zu arbeiten. Klingt mehr nach Urlaub oder nach Kontaktsuche.

»Was ist mit dir, Penny, weißt du auch, wie das geht, das mit den Lenkdrachen?«

Keine Ahnung. Genau wie die Jungs, nehme ich an.

»Klar!«

»Toll!« Sie klatschte in die Hände. »Meinst du, du könntest dir die Zeit nehmen? Ist doch Wochenende. Ich habe nichts dagegen, wenn auch einer von euch mitkommt, aber Männer sind immer so ungeduldig, wenn sie einem etwas zeigen sollen. Findest du nicht, Penny?«

»Hm, einer von den Männern plus wir zwei …« Sie zog die Augenbrauen hoch und lächelte triumphierend. »Drei sind einer zu viel, oder?«

»Im Gegenteil«, parierte Verena, »aller guten Dinge sind drei.«

Touché.

»Oder vier«, ergänzte Verena. »Von mir aus können wir liebend gern wieder zu viert losziehen. Ich würde mich freuen.«

»Bei dir wird's schwierig, oder?« Pit, der auf dem Beifahrersitz saß, sah Heiner von der Seite an.

»Kommt auf die Uhrzeit an. Ich kriege das schon hin.«

Kapitel 3

Penny hatte sich vorgenommen, den Freitagabend damit zu verbringen, aus purer Vernunft weitere Angebote für Hausboote zu studieren und noch einmal ihre Finanzen zu prüfen. Sie wollte Lehmann ein Angebot machen, bei dem ihr, wenn sie einen überschaubaren Kredit aufnahm, Luft genug blieb, um die notwendigen Arbeiten an der »Trio Infernale« vornehmen zu lassen.

Bleib auf dem Teppich, Penny. Noch gehört sie dir nicht. Und noch heißt der olle Schlorren nicht so.

Sie lächelte versonnen vor sich hin. Einerseits wanderten ihre Gedanken immer wieder zurück zu dem Schiff, und sie sah sich im Internet auch das eine oder andere alternative Verkaufsangebot an, andererseits fiel es ihr schwer, sich zu konzentrieren. Sie musste zu sehr an Pit und Heiner denken, daran, wie merkwürdig sie sich verhalten hatten. Es konnte Zufall sein, dass Heiner plötzlich Aftershave benutzte. Doch daran glaubte sie nicht. Beide hatten behauptet, mit Verena verabredet zu sein, damit sie an ihrer Reportage weiterarbeiten konnte. Nur aus diesem Grund hatten sie vorgeschlagen, sie zu der Probefahrt mitzunehmen. Immerhin konnte man ihr doch schlecht absagen, nur um mit einer alten Freundin einen Kahn zu testen. Ganz sicher waren sie nicht zur selben Zeit mit ihr verabredet gewesen. Und überhaupt,

Verena hatte betont, dass irgendwann auch Feierabend sein müsse. Penny wurde den Verdacht nicht los, dass weder der schüchterne Heiner noch Raubein Pit einen Termin mit Verena gehabt hatte. Vielleicht hatten die beiden das nur vorgeschoben, um das Großstadtgewächs mit dem ansteckenden Lachen dabeizuhaben. Diese Möglichkeit beunruhigte Penny zutiefst.

Sie hatte ihr Notebook auf den großen Esstisch gestellt, daneben stand eine Kanne Tee. Penny konnte zu jeder Jahreszeit Tee trinken. Im Winter genoss sie es, sich an der Tasse aufzuwärmen, im Sommer ließ sie das duftende Gebräu abkühlen. Eine umgebaute Schiffsglocke aus Messing spendete ihr Licht, im Hintergrund dudelte das Radio, ohne dass sie die Nachrichten oder andere Wortbeiträge wahrgenommen hätte. Sie klickte eine weitere Anzeige an, in der es um ein Hausboot in Stralsund ging.

Langweilig. Null acht fuffzehn.

Sie gab »Berliner Anzeiger« in das entsprechende Feld ihrer Suchmaschine ein. Die Seite der Online-Ausgabe erschien auf ihrem Bildschirm. Penny klickte sich durch die Ressorts. Wozu mochte der Bericht über alte Handwerkskunst gehören? Möglicherweise waren die Berufe nur der Aufhänger für eine Reisegeschichte. Sie klickte. Da war etwas über Usedom.

Komisch. Die werden doch nicht kurz hintereinander über dasselbe Reiseziel berichten. Oder ist das eine Reihe? Vielleicht produziert Verena auch auf Vorrat. Penny achtete bei jedem Artikel auf das Autorenkürzel. VM war nicht dabei. Sie seufzte. Was sollte das werden? Wollte sie dieser Berlinerin nachspionieren, um den Männern skandalöse Einzelheiten zu deren Berufsleben präsentieren zu können? Das war absurd. Penny widmete sich wieder dem Boot aus Stralsund. Dann fiel ihr etwas ein, sie kehrte zurück zum

Berliner Anzeiger und rief das Impressum auf. Nichts. Keine Verena May. Weder mit Ypsilon noch sonst wie.

Ist ja merkwürdig.

Penny hatte nicht besonders gut geschlafen. Sie hatte wirres Zeug von Delfinen geträumt, die überdimensionale Sonnenbrillen trugen, lallten und sich lachend über die Reling stürzten. Nach einer Tasse starkem Kaffee war sie die Viecher zwar los, Verena ging ihr jedoch nicht aus dem Sinn.

Mit der stimmt etwas nicht.

Sie goss sich die zweite Tasse ein und griff nach ihrem Telefon. Die Nummer der Redaktion des Berliner Anzeigers hatte sie sich notiert. Man konnte ja nie wissen, wozu man die noch mal brauchte. Jetzt wusste sie es und tippte die Zahlen ein.

»Guten Tag, ich hätte gern Verena May gesprochen, bitte.«

»Wen?«

»Verena May«, wiederholte Penny langsam und sehr deutlich. »Mit Ypsilon. Wie? Nein, May mit Ypsilon.« Sie schüttelte den Kopf. »Die hat Urlaub? Sind Sie sicher? Aha, ja. Ist es nicht möglich, dass es sich um eine Dienstreise handelt? Ich meine, sie arbeitet doch an einer Reportage … Ach, das ist ja interessant. Und da sind Sie ganz sicher? Ja, natürlich. Klar wissen Sie das. Wenn nicht Sie, wer dann? Nein, alles in Ordnung, dann habe ich da etwas falsch verstanden. Vielen Dank für die Auskunft.«

Jetzt wird aber der Hund in der Pfanne verrückt. Horoskope!

Penny spülte ihr Frühstücksgeschirr ab und begann, die Abzugshaube zu wienern. Die hatte sie zwar erst letzte Woche gründlich geputzt, aber sie musste einfach etwas tun. Immer wenn sie über etwas intensiv nachdachte, mussten auch ihre

Hände etwas zu tun haben. Meistens putzte sie, räumte auf oder zupfte Unkraut. Das war der Grund, weshalb es bei ihr sowohl im Haus als auch im Garten zu so ziemlich jeder Tages- und Nachtzeit picobello aussah.

Was ist dein Geheimnis, Flipper? Was willst du wirklich auf Usedom? Wer fragt, bekommt Antworten.

Sie wählte Verenas Nummer. »Hallo, ich bin's, Penny. Du, ich wollte mal hören, ob es dir gleich heute passt. Wegen der Lenkdrachensache, meine ich. Das Wetter ist perfekt.«

Es ist sonnig, nicht zu heiß und nicht kalt. Ob der Wind passt, weiß ich leider auch nicht.

»Schön. Ich rufe Pit und Heiner an. Ach, sag mal, Verena, hättest du Lust, vorher mit mir eine Tasse Tee zu trinken?« Sie hielt die Luft an. War das unfair? Führte sie Verena aufs Glatteis? Nein, sie erledigte nur ihren Seeanemonenjob und passte auf ihre Clownfische auf. »Schön, ich freue mich auch. Dann also um drei Uhr im Café Sonnenseite. Bis dann.«

Verena war nicht zu übersehen. Sie hatte einen Tisch auf der Terrasse ergattert. Dort saß sie nicht, sie thronte. Wieder hatte sie ein Tuch um den Kopf gebunden und ihre Riesensonnenbrille auf. Sie trug Caprihosen und eine ärmellose Bluse mit Punkten. Ganz im Stil der Fünfziger. Ihre Lippen glänzten in leuchtendem Rot. Passend zu den Fingernägeln, wie Penny registrierte, als Verena zur Begrüßung winkte. Verena war eindeutig der Star schlechthin. Niemand, der die Dünenstraße entlangflanierte, verzichtete auf wenigstens einen raschen Blick auf die Diva, die ein wenig aus der Zeit gefallen zu sein schien, aber gleichzeitig wirkte, als sei sie schon als Dame von Welt geboren worden. Das galt zumindest, solange sie schweigend dasaß. Sobald Verena den Mund aufmachte, änderte sich der Eindruck grundlegend.

»Huhu!«, rief sie mit einem Kiekser in der Stimme. »Da

sehen wir uns schon wieder.« Sie setzte ihr Lachen obendrauf. Penny schloss schmunzelnd ihr Fahrrad an einen Zaun direkt neben ein Schild, das besagte, dass das Abstellen von Fahrrädern dort verboten sei.

»Hallo!« Sie ließ sich in den Stuhl neben Verena gleiten. »Schön, dass du so spontan bist. Um ehrlich zu sein, hätte ich gar nicht gedacht, dass man während einer Dienstreise am Wochenende freihat.« Als sie das Wort Dienstreise aussprach, warf sie Verena einen prüfenden Blick zu. Sah es nur so aus, oder hatte sie ganz leicht gezuckt?

»Das ist meine Sache«, erklärte Verena leichthin. »Ich bin freie Mitarbeiterin. Das bedeutet, dass ich die Reisekosten sowieso selbst trage. Es ist also meine Entscheidung, ob ich mich ranhalte und den Aufenthalt einschränke oder ob ich Arbeit und Urlaub kombiniere. Bei so einem schönen Rechercheort bietet sich Letzteres an, finde ich.« Sie strahlte. Wahrscheinlich freute sie sich, die zugegebenermaßen plausible Erklärung, ohne zu zögern, parat gehabt zu haben.

Sie bestellten Milchkaffee, grünen Tee und eine Portion der hausgemachten Kekse. Die graphitgrauen Korbstühle knarzten bei jeder Bewegung. Das Geräusch ging jedoch im Stimmengewirr und im Rauschen des Windes unter. Von ihrem Platz an der Dünenstraße konnten sie zur Promenade gucken, die parallel zum Ostseestrand verlief. Die Menschen, die dort unterwegs waren, hätten unterschiedlicher nicht sein können. Mal schob eine alte Dame ihren Rollator einsam durch die Gegend, dann tauchte eine Großfamilie mit Kinderwagen auf, einem Jungen auf einem Laufrad, einem Mädchen mit Roller und einem Teenager – ob männlich oder weiblich, war nicht zu erkennen – mit Rollerskates. Ein junges Paar lief Hand in Hand, gefolgt von einem Pulk von Frauen, die eifrig diskutierten. Was alle miteinander verband, war das obligatorische Smartphone, das sowohl von der jeweiligen Begleitung als auch von der zauberhaften Kulisse ablenkte. Hin und wieder hörte man eine Welle an Land rollen, Kinder quietschten vor lauter Vergnügen, wenn sie sich in das noch ziemlich kalte Wasser wagten. Dazu tröpfelte sehr leise Musik aus den Lautsprechern auf der Café-Terrasse.

»Warum wolltest du dich mit mir allein treffen, bevor die Männer dazukommen?« Penny war irritiert, weil sie Verenas Augen, die sie anscheinend fixierten, nicht sehen konnte. Noch befremdlicher fand sie, dass diese Frau ohne Umschweife sagte, was sie dachte, und offenbar durchschaute, dass Penny ein einigermaßen heikles Anliegen hatte.

»Nur so. Ich hatte einfach Lust auf einen Plausch unter Mädels.«

Das glaubt die nie.

»Sonst bin ich ja meistens mit Pit und Heiner zusammen.« Ehe Verena reagieren konnte, fügte sie hinzu: »Die Sache mit den Sternzeichen. Du kennst dich gut damit aus. Ist das dein Hobby?«

»Ich interessiere mich für Astrologie. Du auch?«

»Ja, unbedingt!« Penny nickte eifrig. »In welchem Tierkreiszeichen bist du eigentlich geboren?«

»Krebs.« Eine Weile beobachteten sie einander. Penny nahm einen Schluck Tee. Wie konnte sie den Bogen zu Verenas Beruf schlagen? Sollte sie einfach auch mal ganz direkt sein? »Wir Krebs-Geborenen sind extrem sensibel und entscheiden meistens aus dem Bauch heraus«, sprach Verena weiter, ehe Penny einen Frontalangriff starten konnte. »Unsere Ziele erreichen wir fast immer, weil wir hartnäckig sein können. Allerdings erreichen wir sie meist auf Umwegen.« Sie lachte leise. Das klang ausnahmsweise nicht ansteckend lustig, sondern sehr zart. »Aber das weißt du sicher alles, wenn du dich auch für Astrologie interessierst.«

»Ja. Das heißt, nein, so intensiv habe ich mich nicht damit beschäftigt. Ich finde das aber sehr spannend.«

Sie erreicht ihre Ziele auf Umwegen. Fragt sich bloß, welches Ziel sie jetzt gerade verfolgt. Penny war nicht wohl bei der Sache. Bestimmt war Verena verheiratet oder wenigstens in festen Händen und suchte hier nur nach einem kleinen Abenteuer. Vielleicht wollte sie jemanden eifersüchtig machen, ihrem Partner eine Lektion erteilen. Oder hatte sie es auf Geld abgesehen? Zumindest Heiner wäre eine gute Partie.

»Nicht böse sein«, begannen beide gleichzeitig. Sie stutzten, dann mussten sie lachen.

»Du zuerst«, forderte Verena Penny auf. »Ich verspreche auch, dass ich nicht böse sein werde.«

»Nein, du zuerst. Du bist schließlich Gast!«

Saublödes Argument. Hoffentlich funktioniert es.

»Also gut.« Verena schluckte und nahm die Brille ab. »Du musst aber auch versprechen, dass du nicht böse bist.«

Kommt ganz drauf an …

»Versprochen!« Penny schob sich einen Keks in den Mund und sah Verena aufmunternd an.

»Es fällt mir schwer, dir das zu sagen. Du warst von Anfang an so nett zu mir.« Penny wurde mulmig. Bis zu diesem Zeitpunkt war sie sicher gewesen, dass Verena lediglich gestehen würde, keine große Journalistin zu sein, sondern lediglich das Wochenhoroskop zu verfassen. Sie hatte mit dem Geständnis gerechnet, dass es einen anderen Grund für ihre Usedom-Reise gab als die angebliche Reportage. Jetzt klang es eher, als sei sie eine Undercover-Agentin, die über Penny Kontakt zu den gesuchten Exagenten Heiner und Pit aufgenommen hatte. Nun, da sie sie gefunden hatte, musste sie vermutlich alle drei töten. So war es jedenfalls in amerikanischen Spielfilmen immer.

»Ich war nicht ganz ehrlich zu dir. Ich bin nicht hier, um eine Reportage über altes Handwerk zu schreiben.« Sie schob den Bügel ihrer Sonnenbrille zwischen die Zähne und nagte darauf herum. Seufzend zog sie den Kunststoff wieder aus dem Mund. Er glänzte feucht in der Sonne. »Na ja, das ist jedenfalls nicht der wirkliche Grund. Ich will die Reportage schon schreiben. Aber ich habe keine Ahnung, ob meine Redaktion mir die abnimmt. Um ehrlich zu sein, habe ich erst sehr wenige Geschichten an den Anzeiger verkaufen können. Ich …«

»Du bist die Horoskoptante, ich weiß.«

»Das weißt du?«

»Ja, das war es, was ich dir sagen wollte. Ich hoffe, du bist nicht sauer, aber ich habe interessehalber mal in der Online-Ausgabe des Berliner Anzeigers geblättert und nirgends ein Kürzel gesehen, das zu dir hätte gehören können. Also habe ich in das Impressum geschaut.«

»Da stehe ich nicht drin.«

»Nein. Deswegen habe ich in der Redaktion angerufen.«

»Du hast was?« Verena war ehrlich schockiert.

Du hast herumgeschnüffelt, Penny. Sag es, wie es ist!

»Weißt du, Heiners Imbiss ist wirklich sehr bekannt, und Pits Unternehmen wird nicht selten von ganz großen Tieren beauftragt, um deren Anwesen mit Reet einzudecken.« Penny schämte sich ein wenig, denn ein Geständnis, dass sie einfach neugierig und misstrauisch gewesen war, hätte anders ausgesehen. Aber komplett gelogen war ihre Erklärung auch nicht. »Es wäre nicht das erste Mal, dass ein Reporter falsche Beweggründe vorschiebt, um an Prominente heranzukommen. Wir haben da schon böse Erfahrungen gemacht.« Sie senkte den Blick.

»Tatsächlich? Pfui, wie fies! Das wusste ich nicht.«

Ich auch nicht, könnte aber passieren.

»Du musst mir bitte glauben, dass es bei mir anders ist. Ich bin nur an den beiden interessiert, an Heiner und an Pit, nicht an ihren Kunden. Glaubst du mir das, Penny?«

»Aber klar, wenn du das sagst.«

Das beruhigt mich allerdings kein bisschen.

»Na komm, jetzt mal raus mit der Sprache: Warum bist du nach Usedom gekommen?«

»Die Sache ist die …« Verena klappte die Brillenbügel zusammen, öffnete sie wieder, klappte sie erneut zusammen. So ging es ununterbrochen, als müsste sie die Sonnenbrille wiederbeleben. Mit lautem Klack faltete Verena sie schließlich zusammen, legte sie auf dem Schoß ab, die Hände schützend darüber. Sie sah Penny in die Augen. »Ich war bei einer Wahrsagerin. Die hat mir prophezeit, dass ich auf Usedom die ganz große Liebe finde.« Sie stieß die Luft aus. Es klang, als wäre sie sehr erleichtert, dass das Geheimnis gelüftet war. Penny wusste nicht, was sie sagen sollte, also hielt sie den Mund. »Mein Märchenprinz arbeite handwerklich und führe eine alte Inseltradition fort, hat sie gesagt. Darum habe ich Urlaub genommen und bin hergekommen.«

»Das ist nicht dein Ernst. Eine solche Prophezeiung reicht dir, um eine Reise zu buchen?«

»Usedom ist nicht Uruguay. Aufwand und Kosten halten sich in Grenzen.«

»Darum geht es doch gar nicht.« Penny war fassungslos. »Ich kann einfach nicht glauben, dass du diesen Unfug für bare Münze nimmst.«

»Das ist kein Unfug.« Verena wirkte kein bisschen beleidigt. Sie war einfach nur erschreckend überzeugt davon, dass diese Rattenfängerin wahrhaftig in die Zukunft sehen konnte. »Die Wahrsagerin ist die beste von ganz Berlin und Umland. Und was sie gesagt hat, ist doch ganz schön konkret, findest du nicht?«

Stimmt allerdings.

»Das macht es aber nicht glaubwürdiger.«

»Findest du nicht?« Verena war ehrlich überrascht.

Doch, irgendwie schon.

»Ich weiß nicht. Aus der Hand zu lesen, in eine Glaskugel zu starren oder im Kaffeesatz herumzustochern, das hat nichts mit Astrologie oder einer seriösen Wissenschaft zu tun. Ich finde es erstaunlich, dass du dich so auf diese Aussage verlässt. Ich meine, du bist eine attraktive sympathische Frau.«

»Meinst du?«, fiel Verena ihr ins Wort.

»Natürlich, und das weißt du auch.«

»Nein. Es ist nämlich so: Ich hatte bisher nicht besonders viel Glück mit den Männern. Es sieht so aus, als hätte ich ein Händchen für die falschen Typen.«

Ich weiß genau, was du meinst.

»Dabei bin ich wirklich eine Romantikerin.«

Wie meine Mutter. Die ist geschieden, Schätzchen.

»Ich glaube an die ganz große Liebe. Sieh mal, ich habe Pit und Heiner kennengelernt, weil ich an die Prophezeiung geglaubt und mich auf die Suche gemacht habe. Sie sind beide Singles.« Sie warf Penny einen tiefen Blick zu. »Mit anderen Worten: Sie sind zu haben.«

Vorsicht, falsche Schlussfolgerung!

»Und ich habe Anlass zur Hoffnung, dass sie mich mögen. Ich finde sie beide einfach süß!« Kiekser, gefolgt von einem tiefen Seufzer. »Das Problem ist, ich kann mich nicht entscheiden.«

»Das nenne ich wirklich mal ein Problem.« Penny rollte mit den Augen und verschwand hinter ihrem Becher.

»Ich wusste, dass du mich verstehst. Ach, Penny, ich bin so froh, dass du jetzt die Wahrheit kennst. Es hat mich furchtbar belastet, nicht ganz ehrlich dir gegenüber zu sein. Du weißt ja, Verena, die Wahrheitsliebende.« Penny verzog verständnislos das Gesicht. »Das bedeutet mein Name.«

»Ja, hast du gesagt, stimmt.«

»Außerdem … Niemand kennt Heiner und Pit besser als du. Du musst herausfinden, bei wem von beiden ich einen größeren Stein im Brett habe.«

Glückwunsch zu dem Selbstbewusstsein!

»Dann brauche ich gar nicht zu entscheiden.« Wieder so ein niedlicher Kiekser. »Du hilfst mir doch, nicht wahr?« Verena setzte ihre ganze Hoffnung auf ihre neu gewonnene Freundin, um die richtige Wahl zu treffen, so viel stand fest.

Ich bin die Falsche. Du ahnst gar nicht, wie falsch ich bin.

Die Mischung aus Hilflosigkeit, totaler Offenheit und leuchtenden Kinderaugen war entwaffnend. Man konnte ihr unmöglich etwas abschlagen.

»Klar helfe ich dir, wenn ich kann.« Penny rang sich ein Lächeln ab und beschloss, sich auch so eine riesige Sonnenbrille zu besorgen, hinter der man fast vollständig abtauchen konnte.

Die Männer warteten schon an der Ahlbecker Seebrücke. Lässig lehnten sie am Holzgeländer. Hinter ihnen hockte das weiß gestrichene Restaurant und streckte seine vier Türmchen in den blauen Himmel. Penny hätte Pit beinahe nicht erkannt. Das lag nicht nur daran, dass er ein großes Bündel im Arm hielt, das sein Gesicht fast verdeckte.

Wo, um alles in der Welt, ist seine blonde Strubbelmähne geblieben?

»Moin, Jungs. Sag mal, Pit, warst du beim Friseur?«

»Steht dir ausgesprochen gut«, rief Verena und zwinkerte Penny zu.

Ja, toll, wollte ich auch gerade sagen.

»Ja?« Er lächelte verlegen. »War mal dran. Dann wollen wir mal. Ich habe eine Lenkmatte besorgt. Ist 'n büschen größer als so 'n Einsteiger-Drachen. Macht bestimmt mehr Spaß.«

»Hoffentlich ist der Wind dafür nicht zu kräftig.« Heiner sah zum Himmel, als könne er dort die Windstärke ablesen.

Gemeinsam stapften sie eine ganze Weile durch den weichen Sand und ließen die Seebrücke samt sonnenhungriger Urlauber hinter sich. Penny und Verena fanden längst, dass sie nun ausreichend Sicherheitsabstand zu anderen Menschen einhielten, doch Heiner, der mit Anglizismen sonst gründlich auf Kriegsfuß stand, wiederholte gebetsmühlenartig: »Safety first!«, was bedeutete, dass sie noch ein paar Meter gehen sollten.

»Nu reicht's aber!«, entschied Pit schließlich. Er zog die Lenkmatte, wie er das knallblaue Ungetüm genannt hatte, aus seiner Hülle. Außer dem großen Schirm, der aus dicht nebeneinandersitzenden Luftkammern bestand und einen Menschen vermutlich sicher zu Boden brachte, falls man sich zu einem Sprung damit aus einem Flugzeug entschied, gab es eine undefinierbare Zahl Leinen, die ordentlich aufgebunden waren. Außerdem kamen zwei Griffe zum Vorschein. Für Pennys Geschmack sah das alles ziemlich kompliziert aus. Wie gut, dass sie nicht vorführen musste, wie man das Ding in die Luft bekam, und vor allem, wie man es dort hielt.

»Penny und ich machen es einmal vor«, verkündete Pit. »Danach bist du dran. Heiner hilft dir.«

»Au ja!« Verena hüpfte zweimal wie ein Sandfloh und wedelte mit den Armen.

Pit steckte den Zeigefinger in den Mund und hielt ihn gleich darauf in die Luft.

»So findet er heraus, aus welcher Richtung der Wind kommt«, erklärte Verena aufgeregt wem auch immer.

Nun drehte Pit sich mit dem Rücken zum Wind und breitete den Drachen auf dem Boden aus. »Muss ich alles alleine machen?« Er warf Penny einen Blick zu.

»So ein Ding habe ich noch nie bedient.« Sie hockte sich neben ihn.

Auch keinen anderen Drachen übrigens. Hatte ich das nicht erwähnt?

»Ich auch nicht, aber das kann doch nicht so schwer sein.«

»Wie, du auch nicht?«

»Ich hab als Knirps mal 'nen Drachen steigen lassen. Aber nicht so einen großen.«

»Warum hast du dann keinen kleineren mitgebracht?«

»Weil's so mehr Spaß macht.« Da war das vertraute Funkeln in seinen Augen, das ihm trotz fehlender Strubbelmähne ein lausbubenhaftes Aussehen verlieh und das Penny so mochte. »Der Typ im Laden hat gesagt, es ist ganz einfach. Die Bündel da sind die Waageleinen. Die Transportsicherung muss weg. Dann die Steuerleinen und die Bremsleinen an den Waageenden festknoten.« Während er sprach, hantierte er mit den verschiedenen Schnüren, die für Penny alle gleich aussahen. »Ich gehe jetzt rückwärts und rolle dabei die Leinen komplett ab. Dann brauche ich nur noch die Griffe befestigen, und los geht's.«

»Hört sich einfach an.«

»Sag ich doch.«

»Was ist mein Job bei der Sache?«

»Du bleibst hier. Auf mein Zeichen fasst du den Drachen …« Er sah sich das blaue Monstrum unschlüssig an. »… an dem Rand da an und hebst ihn hoch. Keine Angst, ich ziehe gleichzeitig an den Steuerleinen. Dadurch stellt der sich fast von allein senkrecht auf.«

»Okay, ich warte auf dein Zeichen.«

Pit marschierte rückwärts. Er lief und lief, die Schnüre wurden lang und länger.

»Ihr habt es nachher viel einfacher«, rief er Verena und Heiner zu. »Weil wir schon alles vorbereitet haben. Du nimmst nur die Griffe und ziehst mit Gefühl daran. Dann steigt der Lenkdrachen. Wirst du ja gleich sehen.« Er lächelte Verena siegesgewiss zu. »Links zupfen, und das Ding ändert seine Flugrichtung nach links, rechts zupfen, und es geht nach rechts«, erklärte er, während er die Griffe festband. »Logisch, oder?« Da stand er lässig, ein Knie leicht gebeugt, die Griffe jeweils in zwei Fingern. »Okay, Penny, ab in die Luft mit dem Drachen!«

Verena und Heiner beobachteten das Schauspiel aufmerksam. Penny war ausgesprochen froh, den leichten Part zu haben. Sie packte die blaue Matte, richtete sich damit auf und streckte beide Arme weit nach oben. Ehe sie wusste, wie ihr geschah, flutschte das Material ihr aus den Fingern. Der Drachen stieg senkrecht in den Himmel.

»Toll!«, rief Verena. »Es ist wirklich einfach.« Wieder wedelte sie mit den Armen. Man musste fürchten, sie könne im nächsten Augenblick abheben und mit der Lenkmatte um die Wette fliegen.

Der Einzige, der nicht mehr entspannt wirkte, war Pit. Er hatte die Griffe jetzt fest in der Hand. Auch seine Körperhaltung war nicht mehr locker. Breitbeinig machte er mal einen Schritt in die eine, dann in die andere Richtung. Irgendwie hatte er einen einigermaßen verkniffenen Gesichtsausdruck.

»Kannst du vielleicht mal herkommen?«, blaffte er Penny an. »Ich dachte, wir sind ein Team.«

Sie lief zu ihm. »Davon hast du nichts gesagt. Dass ich noch mehr zu tun habe, meine ich.« Immer wieder führte er die Hände weit hinter seinen Rücken. Der Drachen tanzte immer schneller durch die Lüfte.

»Du musst mich halten«, rief er ihr zu. Er strahlte, seine Augen leuchteten. »Das Ding hat enorm viel Kraft.«

Dich halten? Wie? Penny trat hinter ihn. Unbeholfen packte sie seine Schultern.

»So wird das nix. Stell dich ganz dicht hinter mich und lege mir die Arme um. Aber pass auf deine Füße auf. Ich muss beweglich bleiben. Da kann ich keine Rücksicht drauf nehmen, wohin ich latsche.« Seine Zungenspitze erschien zwischen den Lippen. Sie war anscheinend das heimliche Höhenruder. »Huhuu, das ist noch besser, als ich dachte«, schrie er gegen den Wind und lachte. Verena stimmte augenblicklich mit ein. Heiner schmunzelte. Penny legte die Arme um Pits Taille und schmiegte sich dicht an ihn. Zum Geburtstag und an den Feiertagen nahmen sie sich immer in den Arm, aber das hier war etwas anderes. Sie fühlte seinen kräftigen Rücken und seine Wärme. Außerdem war sie sich plötzlich des dünnen Strickpullovers bewusst, den sie trug. Am schlimmsten war, dass sie nicht wusste, wohin mit ihren Brüsten. Sie konnte unmöglich ganz dicht hinter ihm stehen, ohne sie an ihn zu pressen. Eine absolut beunruhigende Tatsache.

»Merkst du, was der für eine Kraft hat? Unglaublich!« Pit war aufgedreht wie lange nicht mehr. Er schien seinen beruflichen Ärger vergessen zu haben. Er dachte nicht einmal daran, Penny auf das Hausboot, den alten Schlorren, anzusprechen, und ihn ihr auszureden. Einmal trat er ihr auf den Fuß, im nächsten Moment stolperten sie. Penny musste einen Schritt von ihm weg machen, um nicht zu fallen. »Festhalten, festhalten!«, kommandierte er sofort. »Jetzt du!«, sagte er nach einer Weile. »Du musst das selbst erleben!«

»Ach, du, mir reicht das so schon.« Penny hatte sehr wohl

gespürt, wie viel Zug auf den Leinen lag. Sie musste Pit so gut festhalten, wie sie nur konnte, damit es ihn nicht ins Wasser zog.

»Das macht Riesenspaß, du wirst sehen.« Schon löste er sich aus ihrer Umklammerung, drückte ihr die Griffe in die Hände, tauchte unter ihrem Arm hindurch und hielt sie von hinten fest.

»Ich kann ihn nicht halten!«

»Klar kannst du.«

»Du schaffst das«, feuerte Verena sie an. Dann stimmte sie einen Penny-Penny-Sprechchor an, dem sich Heiner lautstark anschloss.

Obwohl es ihr alles andere als Riesenspaß machte, das zerrende und rasende Ungetüm zu bändigen, fühlte Penny sich pudelwohl. Sie spürte Pits Herz an ihrem Rücken schlagen, sie hörte seinen Atem dicht an ihrem Ohr. Was konnte ihr schon geschehen, wenn er da war, um sie zu halten? Sie konnte zum Beispiel an der falschen Leine ziehen. Nur eine Sekunde waren die Bremsleinen straff, schon vollführte der Drachen eine Pirouette, drehte ab und stand im nächsten Moment so in der Luft, dass er den Auftrieb verlor. Der Zug, den Penny gerade noch nicht alleine hatte halten können, war von einem Augenblick zum nächsten verschwunden. Die beiden, die sich eben mit aller Kraft gegen den Zug des Drachens gestemmt hatten, fielen wie zwei Dominosteine nach hinten, die von einem unsichtbaren Kumpel angestoßen worden waren.

»Seid ihr verletzt?« Verena konnte sich das Lachen kaum verkneifen.

»Uns geht's bestens. Wie geht's dem Drachen?« Pit lag mit ausgestreckten Armen im Sand. »Das hast du absichtlich gemacht, oder?«, fragte er leise, schnappte Penny blitzschnell, die gerade versuchte, sich von ihm abzurollen, und war in der nächsten Sekunde über ihr. Dabei verhedderte er sich allerdings in den Leinen, die sie noch immer nicht loszulassen wagte.

Verena war bei dem Drachen angekommen. »Keine äußerlich erkennbaren Verletzungen«, rief sie. »Ich fürchte aber, er hat ein Schleudertrauma.« Sie kicherte.

Heiner war inzwischen bei ihnen angekommen und betrachtete amüsiert, wie Pit versuchte, sich zu befreien. »Mann, du hängst ganz schön in den Seilen. Oder hat unsere Penny dich so eingewickelt?«

»Ich bin unschuldig, das hat er ganz alleine geschafft.« Penny lachte.

»Von wegen unschuldig. Das war pure Absicht. Na warte, ich werde mich rächen.«

»Aber ohne den Drachen, den übernehmen wir jetzt.« Heiner nahm Penny die Griffe ab und befreite Pit aus dem Gewirr der Leinen. »Von wegen, wir haben es einfacher, weil ihr schon alles vorbereitet habt.« Er seufzte in gespielter Verzweiflung. »Wir haben es sehr viel schwerer, weil wir euer Chaos enttüdeln müssen.«

Während sich Heiner darum kümmerte, die Schnüre zu entwirren, hüpfte Verena voller Vorfreude wie ein Gummiball um den Drachen herum.

»Chaos«, stieß Pit aus, stand auf und reichte Penny die Hand. »So ordentlich wie wir hättet ihr die Befestigung gar nicht erst hingekriegt.«

»Genau.« Penny nahm seine Hand und ließ sich aufhelfen. Doch Pit verfolgte keine edlen Absichten, sondern die angedrohten Rachepläne. Er zog sie mit Schwung zu sich und trat dann zur Seite. Penny strauchelte und fiel vornüber. Sie konnte sich zwar mit den Händen abfangen, doch der weiche Sand spritzte dabei zu allen Seiten auf. Sie spürte Körner zwischen den Zähnen und in den Augen.

Das wirst du mir büßen, Pit Luhrow.

Von ihm abgewandt, rieb sie sich länger als nötig die Augen.

»Alles okay?«

Mach dir ruhig Sorgen!

»Geht schon«, rief sie leise.

»Du hast dir doch nicht wehgetan?« In zwei Schritten war er bei ihr. »Das wollte ich nicht.«

»Habe ich auch nicht«, antwortete sie, wirbelte herum und wollte ihn aus dem Gleichgewicht bringen.

»Netter Versuch!« Er hielt ihren Bemühungen, ihn von den Füßen zu schubsen, mühelos stand. »Da muss jemand aber noch eine Menge Spinat essen, um mich zu Fall zu bringen.« Penny gab auf. So viel Spinat konnte sie in ihrem ganzen Leben nicht vertilgen.

»Es gibt Wichtigeres als Körperkraft«, meinte sie schnippisch.

»Friede?« Wenigstens war er etwas aus der Puste. Er streckte ihr die Hand hin.

Darauf falle ich nicht rein.

»Keine Sorge, ich bin brav. Ehrlich.« Seine Augen leuchteten beinahe hellblau im Sonnenlicht. Und sie entdeckte Sommersprossen auf seiner Nase, die ihr bisher noch gar nicht aufgefallen waren.

»Friede«, entgegnete sie und schlug zaghaft ein. Noch traute sie ihm nicht ganz über den Weg. Doch Pit hielt Wort. Er legte sie nicht noch einmal aufs Kreuz. Sie hielten sich eine Weile fest und sahen sich an. »Steht dir wirklich gut, das kurze Haar.«

»Danke.«

»Er fliegt. Warte, Heiner, ich komme!« Verena rannte zu Heiner hinüber. Sie bewegte sich erstaunlich schnell und leicht durch den weichen Sand. Der Wind schob ihr das Tuch aus dem Haar. Als sie ihn erreichte, trat sie hinter ihn und umklammerte ihn hemmungslos. Sie schien sehr genau zu wissen, wohin mit ihren Brüsten.

Beschwingt radelte Penny nach Hause. Sie hatte lange nicht mehr so viel Spaß gehabt. Selbst am Tag zuvor auf dem Hausboot war es nicht ganz so lustig gewesen, musste sie sich eingestehen. Was sie am meisten freute, war die Tatsache, dass Pit endlich wieder der Alte gewesen war. Sie hatte ihn lange nicht so fröhlich und ausgelassen erlebt. Mit jedem Kilometer, den sie hinter sich brachte, mit jedem Tritt in die Pedale verblasste die Euphorie zu einer schönen Erinnerung. Je mehr das geschah, desto leichter hatten ihre Sorgen es, sich in den Vordergrund ihres Bewusstseins zu drängen. Was würde geschehen, wenn Verena sich wirklich einen der Männer schnappte? Dass sie wild dazu entschlossen war, stand außer Frage. Penny fuhr den Weg zwischen den Kugellampen zu ihrem Haus hinauf, stieg ab und brachte das Fahrrad in den kleinen Schuppen hinter der alten Kate. Pit und Heiner hatten den Schuppen für sie gebaut. Sie hatten das Holz und das ganze Material besorgt, das benötigt wurde. Penny hatte mit angepackt, aber die beiden hatten zweifellos den größten Teil der Arbeit erledigt. Seitdem durfte sie ein Gartenhäuschen mit Reetdach ihr Eigen nennen, in dem nicht nur Platz für ihr Fahrrad, sondern auch für den Rasenmäher, Harken, Spaten und was sonst ständig zur Hand sein musste, vorhanden war. Als sie sich einmal den Arm gebrochen hatte, war es Heiner gewesen, der ihren Rasen einmal pro Woche gemäht hatte. Penny bekochte die beiden im Gegenzug regelmäßig. Sie war außerdem für jeglichen Umgang mit Behörden zuständig. Pit hatte sie um Rat gebeten, als es um den Verkauf seiner Firma gegangen war. Heiner hatte ihr liebend gern den Schriftwechsel überlassen, als er ein Werbeschild für seinen Imbiss hatte beantragen wollen, das an der Hauptstraße stehen und potentiellen Gästen den Weg weisen sollte. Die drei ergänzten sich einfach perfekt. Penny schenkte sich ein Glas Rotwein ein und ging damit in den Garten. Wenn sie allein war, saß sie fast nie auf der Terrasse. Sie zog es vor, inmitten ihrer Obstbäume und Sträucher zu sein. Dort gab es eine Sitzgruppe, grob behauene Baumstücke, die Pit so bearbeitet hatte, dass jeweils ein Hocker mit Lehne entstanden war.

Die Sonne ging ganz langsam unter und färbte den Himmel rosarot. Die letzten Blüten klammerten sich beharrlich an die Apfelbäume, ehe sie in Früchte verwandelt wurden. Hier und da leuchtete gelber Raps, der von allein den Weg auf ihr Grundstück gefunden hatte. Knabenkraut vervollständigte die Farbpalette. Penny nippte an ihrem Wein. Wie würde es sein, wenn Verena Heiner oder Pit dem Sexy-Single-Trio stahl? Sie bekam eine Gänsehaut. Es war schlicht nicht vorstellbar, Weihnachten oder gar Silvester plötzlich allein verbringen zu müssen.

Wenn sie mit einem durchbrennt, seid ihr immer noch zu zweit. Nein, Penny, mach dir nichts vor. Sobald einer von euch dreien weg ist, bricht alles auseinander.

Sie musste schlucken. Dem ersten Eindruck zum Trotz war Verena sympathisch. Unter ihrer übertriebenen Make-up-Schicht steckte ein lieber Mensch mit viel Herzenswärme.

Du hast ihr versprochen, ihr zu helfen.

»Ich kann nicht«, flüsterte sie und trank einen großen Schluck. Der Wein zog ihre Kehle zusammen. Oder war es die Panik, die in ihr aufstieg. »Verzeih mir, Verena, aber ich kann das nicht.« Sie nahm noch einen Schluck.

Wollen wir doch mal sehen, was die Wahrsagerin drauf hat. Wenn sie wirklich so gut ist, dann läuft Verena noch die ganz große Liebe über den Weg. Jemand, der noch zu haben ist. Meine Männer sind das jedenfalls nicht.

Penny war kein Fan von Geldautomaten. Sobald sie vor so einem Ding stand, war sie verunsichert. Wie lautete ihre Geheimnummer noch? Meist machte sie den Fehler, die vierstellige Zahl in Gedanken aufzusagen. Das ging immer schief. Erst die Drei, danach die Acht oder umgekehrt? Wenn sie erst darüber nachdachte, hatte sie verloren. Dann konnte sie beinahe sicher sein, einen Zahlendreher einzutippen und den Verlust ihrer Bankkarte zu riskieren. Aus diesem Grund ging sie lieber an den Schalter. War doch sowieso besser, von Menschen bedient zu werden, mit denen man auch mal einen Klönschnack halten konnte. So dachten offenbar auch viele andere. Penny trippelte nervös von einem Fuß auf den anderen. Die Schlange vor ihr schien kein bisschen kürzer zu werden. Keine gute Entscheidung, vor der Arbeit mal eben zur Bank zu huschen. Sie sah auf die Uhr. Sollte sie einfach zu einem späteren Zeitpunkt wiederkommen? Ein paar Euro hatte sie noch bei sich. Ebenso wenig wie sie Geldautomaten leiden konnte, hatte sie ein Faible für bargeldloses Bezahlen. Für große Ausgaben fand sie es in Ordnung, aber sie hatte einfach kein Verständnis dafür, wenn jemand ein Eis oder eine Packung Tee im Supermarkt mit einer EC- oder gar mit Kreditkarte bezahlen wollte. Da hatte man doch irgendwann gar keinen Überblick mehr über seine Finanzen. Nein, sie holte sich alle zwei Wochen eine feste Summe ab. Wenn die vor dem Ende der vierzehn Tage verbraucht war, wusste sie, dass sie die nächsten Wochen etwas sparsamer sein musste. Jedenfalls, wenn sie einen bestimmten Prozentsatz ihres Gehalts auf ein Sparkonto schieben wollte. Und das wollte sie nun einmal. Für ihren Traum, das Hausboot. Und natürlich, um ihr Häuschen in Schuss halten zu können.

Warum dauert das denn so lange? Halten die da vorne ein Kaffeekränzchen, oder was? Penny neigte sich zur Seite und versuchte, den Mann am Schalter zu fixieren. Da flog die Tür zu dem Nebenraum auf, in dem üblicherweise Beratungsgespräche geführt wurden. Wer einen Kredit brauchte, saß dort und kämpfte um die Konditionen; wer etwas auf der hohen Kante hatte und gut anlegen wollte, ließ sich dort ein Angebot machen. Zwei Männer stürmten heraus. Penny dachte sofort an einen Banküberfall.

»So gehen Sie mit langjährigen Kunden um? Das lassen wir uns nicht bieten!«, pöbelte einer.

Doch kein Überfall.

»Sollten wir nicht lieber noch mal …?« Der andere blieb unschlüssig stehen. Er hatte einen roten Kopf und wirkte verunsichert.

Moment, den kenne ich doch. Ach nee, der Daniel!

Im nächsten Augenblick wurde Penny mulmig. Wenn Pits Chef eine solche Szene in der Bank aufs Parkett legte oder besser, von seinem Begleiter aufs Parkett legen ließ, dann stand es schlimmer um seine Finanzen, als sie gedacht hätte. Sie hatte angenommen – oder eher gehofft –, dass Pit übertrieben hatte, doch danach sah es nicht aus. Im Gegenteil. Der Typ an Daniels Seite musste dieser Kumpel von früher sein, der sich jetzt als Wirtschaftsberater aufspielte. Er redete auf Daniel ein, der wie ein begossener Pudel einfach nur noch im Weg herumstand.

»Justin, ich weiß nicht, das bringt doch nichts. Ich rede noch mal mit …« Er deutete eine Bewegung an, als wolle er zu dem Bankberater zurückgehen, doch die war nur mit viel gutem Willen zu erkennen. Im Grunde wartete er darauf, dass ihm jemand sagte, was zu tun sei. Da brauchte er bei diesem Justin nicht lange warten.

»Kommt nicht in Frage!«, bestimmte der. »Das bringt

nämlich nichts.« Er nahm Daniel ein kleines Stück zur Seite und sprach nun leiser. Das gehörte sich ja wohl auch so. Und Penny hatte gute Ohren. »Ich habe das da drinnen ernst gemeint. Du meldest einfach Insolvenz an. Dann können die sehen, wie sie an ihr Geld kommen. Das ist die Lösung für dich.« Justin schien jetzt erst auf die Idee zu kommen, dass eine gut besuchte Bankfiliale kein geeigneter Ort für derartig vertrauliche Gespräche war. Er sah sich um, stellte fest, dass einige Augenpaare auf sie gerichtet waren, packte Daniels Arm und zog den glücklosen Unternehmer mit sich. »Komm!« Penny gab ihren Platz in der Schlange auf und folgte ihnen. Mit etwas Glück waren die dämlich genug, die problematische Situation auf der Straße zu besprechen, und sie konnte wichtige Informationen für Pit aufschnappen. Sie waren so dämlich.

»Als Eigentümer kannst du einen Insolvenzantrag stellen. Vorher rettest du noch dein Privatvermögen und alles, was du irgendwie zu Geld machen kannst. Dann stellst du den Antrag und bist deine Forderungen los. Sollen diese geldgeilen Bauherren sehen, wer ihre Mehrkosten trägt. Die hätten schließlich ein bisschen warten können, bevor sie teurere Konkurrenzunternehmen beauftragen.« Justin fischte ein Päckchen Zigaretten aus der Hemdtasche und zündete sich eine an. »Die wollen dich abzocken? Nee, du zeigst denen mal, wo der Frosch die Locken hat.«

»Und dann?« Daniels Stimme überschlug sich. Er war einer ausgewachsenen Panik nahe. Gut für Penny. Wäre er im Vollbesitz seiner bescheidenen geistigen Kräfte, hätte er sie längst entdeckt und erkannt.

»Wenn ich verheiratet wäre, könnte ich den Betrieb nachher auf den Namen meiner Frau neu eröffnen. Ich habe mal gelesen, dass das geht. Aber ich bin nicht verheiratet, ich bin Single.«

Tja, scheint so, als könnte das doch manchmal ein Nachteil sein.

»Wenn ich insolvent bin, kann ich wieder selbst auf Dächern rumklettern. Für irgendeinen Chef. Und mein Privatvermögen …« Er schnaubte bitter. »Welches Privatvermögen? Das bin ich dank deiner tollen Tipps los!«

»Jetzt gib mir mal nicht die Schuld.« Justin sog an seiner Zigarette und kniff die Augen zusammen.

»Ich bin echt am Arsch«, murmelte Daniel. »Hätte ich Pit den Laden bloß nicht abgenommen.«

»Dann würdest du jetzt auch auf Dächern rumklettern und für jemanden die Kohle verdienen.« Ein Geistesblitz erhellte sein Gesicht. Er sah sich verstohlen um. Penny trat eilig um die Ecke und drückte sich gegen die Backsteinwand des Bankgebäudes. Beinahe wäre sie über den Fahrradständer gestolpert. »Manchmal bist du echt genial, Dan!«

Dan! Der Typ heißt Daniel Theuerkauf. Klingt nicht sehr amerikanisch.

»Hä, wieso?«

»Weil dieser Pit deine Rettung ist.«

»Ich verstehe gar nix.«

Soll bei dir häufiger vorkommen. In diesem Fall geht's mir allerdings genauso.

»Na, Pit hat doch bisher den Laden geschmissen und sämtliche Entscheidungen getroffen, oder?«

»Ja, das hast du mir doch oft genug vorgehalten. Du musst selbst das Ruder übernehmen! Lass dir von dem nichts vorschreiben! Hast du dauernd gepredigt.«

»Aus gutem Grund. Wenn ich's mir recht überlege …«

Pause.

Brachen die beiden womöglich ihre Unterhaltung an dieser Stelle ab, um sie woanders weiterzuführen? Penny lugte vorsichtig um die Ecke. Justin warf gerade den Zigarettenstummel auf den Boden und trat ihn mit der Schuhspitze aus, als wolle er ein lästiges Insekt zerquetschen. »Ich bin genial!«, meinte er und grinste von einem Ohr zum anderen.

»Kapier ich nicht.«

»Ich habe dir gesagt, du sollst endlich selbst Chef sein und nicht immer auf diesen Pit hören. Und jetzt sage ich dir, dass dieser Pit deine Rettung ist. Weil der nämlich die Vollmacht hatte, Aufträge und so 'n Kram zu unterschreiben. Und das hat er auch gemacht«, setzte er triumphierend hinzu.

O nein, Pit, das darf doch nicht wahr sein!

Hatte er nicht erzählt, Daniel habe plötzlich Reet aus Ungarn und der Türkei geordert, ohne die Qualität zu kontrollieren? Es war ganz unmöglich, dass Pit diese Bestellungen unterschrieben hatte. Selbst wenn, wie sollte Daniel das in dieser Situation helfen?

»Mensch, Dan, verstehst du noch immer nicht? Dass du mit deinen neuen Lieferanten Pech hattest, interessiert kein Schwein. Zumindest keinen Banker. Wenn dein Mitarbeiter aber vorsätzlich oder zumindest grob fahrlässig Geschäfte gemacht hat, die dich in den finanziellen Ruin getrieben haben, kannst du ihn haftbar machen.« Penny hielt die Luft an. Das war doch wohl nicht sein Ernst.

»Aber die Geschäfte habe ich doch gemacht.«

»Mann, Dan, das weiß doch keiner.«

»Doch. Pit weiß das.«

»Was meinst du, wer dem glauben würde? Ein Typ, der seine Firma verkaufen musste, weil sie schon mal am Abgrund stand?« Am liebsten wäre Penny um die Ecke geschossen und hätte diesem Justin gezeigt, was ein Abgrund ist. Stattdessen stand sie wie versteinert da und sperrte die Ohren auf.

»So war das ja nicht. Die Frau hat ihn halt über den Tisch gezogen.«

Genau!

»Bist du echt so dämlich, Daniel, oder tust du nur so? Pit hat alles unterschrieben. Er hat bis vor kurzem mit Lieferanten und Auftraggebern verhandelt. Das wird dir jeder bestätigen. Wenn du behauptest, er hätte dich dazu gebracht, billiger einzukaufen, damit die Gewinnspanne größer wird, und du hast das umgesetzt, dann wird dir jeder glauben.«

»Aber dazu hast du mich doch gebracht.«

»Ist doch jetzt egal. Die Hauptsache, du hast einen, dem du die Schuld geben kannst. Dann hast du wenigstens eine Chance, den Verlust abzuwälzen. Kapiert?«

Es dauerte, bis Daniel antwortete: »Ja.« Er lachte dümmlich. »Du bist echt genial.«

Penny musste etwas tun. Und zwar sofort. Sie rief ihren Chef an und erklärte ihm, dass sie später im Büro sein würde.

»Es geht um die Zustimmung eines gesetzlichen Vertreters zur Vaterschaftsanerkennung. Für die Beurkundung muss ich mir die Zustimmung einholen. Liegt praktisch auf dem Weg.« Als Standesbeamtin genoss Penny in mancherlei Hinsicht Narrenfreiheit. Zumindest war sie nicht den fachlichen Weisungen ihres Vorgesetzten unterworfen. Hinzu kam, dass Bürgermeister Petersen ein Praktiker war. Er entwickelte Ideen, die die Gemeinde nach vorne brachten, packte auch gern mit an, wenn handwerkliche Dinge zu erledigen waren. Alles Schriftliche, vor allem das eigentümliche Behördendeutsch war ihm eher lästig. Ein paar sperrige Begriffe, schon winkte er meistens ab und ließ sie machen. So war es auch dieses Mal. Penny sprang in ihren Käfer und bog von der Wilhelm- in die Schulzenstraße. Dann ließ sie Ahlbeck hinter sich und fuhr mit überhöhter Geschwindigkeit durch den Wald in Richtung Wolgastsee. Wie gut, dass sie an diesem Morgen nicht wie sonst oft das Rad genommen hatte. Daniel und Justin hatten beschlossen, zur Feier des Tages mit einem Latte Matschiato, wie Justin sich ausdrückte, anzustoßen. Das verschaffte Penny Zeit, um Pit direkt in Kenntnis zu setzen.

Am Firmengelände angekommen, stürzte sie geradezu aus dem Auto und rannte auf die große alte Scheune zu.

»Pit? Pit, bist du da?«, rief sie schon von weitem.

»Nee, hier!«, kam es dumpf zurück. Wo steckte er bloß?

»Kannst du vielleicht mal herkommen?« Sie sah sich um. Der größte Teil der Scheune war mit Stapeln von gebündeltem Reet gefüllt. Es roch nach Schimmel. Penny mochte kaum atmen. Normalerweise mochte sie den herben Geruch der getrockneten Halme. Nur waren diese leider feucht und bestens geeignet, Pilzkulturen eine gemütliche Heimat zu bieten. An der Wand ihr gegenüber standen hohe Bunde, eigene Ernte vermutlich. Sie sahen aus wie Besen, die nur darauf warteten, mit einem Stiel versehen zu werden, damit sie in den Häusern von Riesen ihren Dienst tun konnten. Penny lief ins Freie und füllte die Lungen mit frischer sauberer Luft. Sie sah hinter dem großen Schuppen nach. Da war er. Zwischen den Zähnen einen Grashalm, dicke Handschuhe an den Fingern, sortierte er getrocknetes Reet, das vom Ufer des Gothensees stammte, wie sie vermutete.

»Da bist du ja. Hättest du mir nicht ein bisschen entgegenkommen können?«

»Wobei?« Er schob den Halm von einem Mundwinkel in den anderen und setzte seine Arbeit fort, ohne Penny zur Begrüßung in den Arm zu nehmen.

»Pit, ich war gerade in der Bank.«

»O nee, bitte nicht! Du kaufst den alten Schlorren also tatsächlich und machst dafür auch noch Schulden.« Er spuckte den Halm auf den Boden, zog einen Handschuh aus und wischte sich mit dem Handrücken über die Stirn.

»Nein, deshalb war ich nicht da.«

»Gott sei Dank!« Er machte Anstalten, weiterzuarbeiten, sah sie kurz an und ließ den Arm sinken. »Wie siehst du eigentlich aus? Ist dir in der Bank der Leibhaftige begegnet?«

»Ungefähr, ja.« Penny berichtete, was sie gehört hatte. Pits Miene wurde immer finsterer. Wenn Mimik ein heraufziehendes Gewitter ausdrücken konnte, dann war es die von Pit Luhrow. »Falls es hart auf hart kommt, sage ich natürlich für dich aus«, beendete sie ihren Bericht.

»Dann kann ja nix schiefgehen.« Er lachte bitter.

»Ich bin immerhin Beamtin, sogar Urkundsbeamtin und damit ja wohl eine vertrauenswürdige Person.«

»Ja, dummerweise arbeitest du nur nicht hier. Du bist eine Freundin, also parteiisch. Über Firmeninterna weißt du nichts.«

»Aber ich habe die beiden gehört.«

»Belauscht«, verbesserte er.

»Egal. Außerdem war ich nicht die Einzige.«

»Ach ja?« Er schöpfte Hoffnung.

»Ganz viele Kunden und natürlich der Typ am Schalter haben das Theater mitgekriegt.«

»Haben die auch alle gehört, welchen Plan dieses Finanzgenie mit meinem dusseligen Chef geschmiedet hat?«

Sie ließ die Schultern hängen. »Nein, das habe nur ich gehört.«

Pit ging ein paar Schritte, riss einen Grashalm ab und schob ihn sich zwischen die Lippen. Er holte tief Luft.

»Dann ist das eben so.«

»Was soll das heißen, dann ist das eben so?«

Er zuckte mit den Schultern. Er sah plötzlich grau aus. »Manchmal passieren Dinge.«

»Manchmal kann man Dinge aber auch beeinflussen, verhindern«, rief sie aufgebracht. »Du musst dich wehren!«

»Manchmal geht das nicht.«

Sie starrte ihn an. »Manchmal passieren Dinge, manchmal geht das nicht«, ahmte sie ihn ungeduldig nach. »Was willst du denn machen? Einfach abwarten?«

Pit kaute auf dem Halm herum und scharrte mit der Fußspitze über den Boden. »Gehe ich eben weg von Usedom«, murmelte er kaum hörbar. »Auf dem Festland finde ich schon Arbeit. Zur Not gehe ich nach Berlin.«

»Berlin?« Penny hatte beinahe geschrien.

Nachtigall, ick hör dir trapsen!

»Ich denke, es kommt gar nicht in Frage, dass du Dachpfannen schleppst und verlegst. Du willst Reetdächer decken, das hast du neulich erst gesagt.«

»Manchmal kann man es sich nicht aussuchen.«

»Du machst mich noch wahnsinnig.« Sie lief ein paar Schritte weg und kam augenblicklich zurück.

»Auf dem Festland gibt es auch Betriebe, die Strohdächer machen«, behauptete er stur.

»Klar. Vor allem in Berlin. Das ist ja quasi die Hochburg der Strohdächer.«

»In Brandenburg gibt es eine Menge«, beharrte er, während er sich wieder um das getrocknete Reet kümmerte.

»Du kannst nicht einfach weggehen!«

»Und warum nicht?« Jetzt hielt er inne und sah sie an.

»Weil du uns fehlen würdest«, stammelte sie.

»Uns?«

»Ja, klar, Heiner und mir.«

»Hm«, machte er. »Jetzt warten wir erst mal ab. Vielleicht überlegt sich mein schlauer Chef ja noch eine andere Lösung. Danke, dass du mich gewarnt hast, Penny.« Seine Augen sahen so traurig aus, dass es ihr wehtat.

Penny hatte eine Besprechung für ein Katastrophen-Kick-off, musste sich um die Namensangelegenheiten einer syrischen Flüchtlingsfamilie kümmern und diverse Urkunden ausstellen. Dann endlich hatte sie Feierabend. Sie wollte unverzüglich nach Bansin fahren, zu Heiner. Vielleicht fiel ihm etwas ein, das sie tun konnten, um Pit zur Vernunft zu bringen und um ihm zu helfen. Sie trat auf ihren Käfer zu, es knirschte unter ihren Schuhen.

Das darf doch nicht wahr sein! Wer veranstaltet denn so eine Sauerei?

Glasscherben lagen über den Parkplatz verteilt. Sah aus, als hätte jemand ordentlich gefeiert und dabei eine Sektflasche fallen lassen. Das würde sie am ehesten einem liebestrunkenen Hochzeitspaar zutrauen, doch es hatte heute keine Trauung gegeben. Sie konnte sich nicht erinnern, schon am Morgen bei ihrer Ankunft Scherben gesehen zu haben. Mit dem Fuß schob sie die großen Splitter notdürftig beiseite. Sie hatte jetzt keine Zeit, einen Besen zu organisieren. Wieso ging bei einigen selbst ein Mindestmaß an Rücksichtnahme und Mitdenken verloren, sobald sie Alkohol intus hatten? Das würde sie nie verstehen. Wer verstand schon andere Menschen! Sie seufzte und legte den Gang ein. Selbst Pit, den sie gut zu kennen glaubte, hatte sie mit seiner Reaktion vollkommen überrascht. Sie war sicher gewesen, dass er sofort einen Plan schmieden und sich Daniel vorknöpfen würde. Aber nichts da. Schon wieder etwas, das sie nicht verstehen konnte.

Heiners Imbiss lag am Ende der Seestraße hinter der Strandpromenade. Von der Konzertmuschel wehten leichte Jazzklänge herüber, als sie *Mundfrischer Fisch* betrat. Penny grüßte Stefanie, die Servicekraft, die zu dem Lokal gehörte wie Salz aufs Ei. Auf dem Weg in die Küche hörte sie Flippers vertrautes Lachen.

Och nö, die kann ich jetzt gar nicht gebrauchen.

Heiner war mit Verena draußen, vermutlich am Altonaer Ofen, den man durch den Hinterausgang der Küche erreichte. Penny nickte dem Koch zu, einem Mann, der in Sri Lanka geboren und in Bayern aufgewachsen war. Es sorgte jedes Mal für Erstaunen und große Erheiterung, wenn der Mann mit der dunklen Haut, dem schwarzen Haar und dem buschigen schwarzen Schnauzer Usedom-Urlauber in tiefstem Bayerisch ansprach.

»Wie war das noch mit diesen Tobias-Aalen?«, hörte Penny Verena gerade fragen. »Das ist zu niedlich.«

»Na ja, niedlich würde ich nicht sagen.« Heiner lachte leise. »Wenn die zugewiesene Fangquote für den Hering erreicht ist, dann wechseln wir zum Aal. Als Köder in den Reusen dienen Tobias-Fische. Die musst erst mal fangen, bevor du dann den Aal kriegst.«

»Das ist so interessant«, zwitscherte sie. Penny ließ die Hintertür geräuschvoll ins Schloss fallen, trat auf den Hof und ging die paar Schritte hinüber zu dem gemauerten Ofenhaus, das Ahnungslose leicht für einen Schuppen mit eigenwilligem Eisentor halten konnten.

»Moin, Penny.« Heiner schob die Hände tief in die Hosentaschen.

»Hallo, ich wollte euch nicht stören.«

»Du störst doch nicht.« Verena kam auf sie zu und drückte sie an sich. »Das ist ja schön, dass wir uns hier treffen.«

Geht so.

Heiners Begeisterung hielt sich auch in Grenzen. Das war nicht zu übersehen.

»Ist was passiert?«, wollte er wissen. »Du siehst aus wie sieben Tage Regenwetter.«

»Sieben Wochen trifft es besser«, erwiderte sie zaghaft. Sie wollte auf keinen Fall Pits Probleme vor dem Maykäfer auspacken. Beide sahen sie erwartungsvoll an.

Verena begriff, dass sie überflüssig war. »So, tja, dann will ich dir nicht noch mehr deiner kostbaren Zeit stehlen.« Sie warf Heiner einen Blick zu, der ihn auf der Stelle zum Schmelzen brachte.

»Du, das ist kein Problem.« Ihm fiel nichts ein, womit er sie zum Bleiben überreden konnte. Außerdem schien auch er zu merken, dass Penny wirklich etwas auf dem Herzen hatte.

»Doch, doch, ich mache mich mal lieber auf die Söckchen.« Verena kicherte fröhlich. »Ach, Penny, wann können wir uns denn noch mal sehen? Also, länger, meine ich. Standesbeamtin ist zwar nicht gerade ein altes Handwerk.« Sie kicherte wieder. »Aber du hattest gesagt, du kennst da noch jemanden, der gut in meine Reportage passen würde.« Penny zog fragend die Augenbrauen hoch. Da zwinkerte Verena ihr so auffällig zu, dass Penny Heiners Misstrauen beinahe wie eine dicke Nebelwolke über ihm schweben sah.

Doch er war in erster Linie besorgt: »Hast du etwas im Auge?«

»Nein, nein, alles bestens.« Verena lachte, drückte ihm einen Kuss auf die Wange und ging.

Sie hat ihn geküsst! Sie hat ihn geküsst! Tu endlich was, Penny!

»Na, was hast denn auf dem Herzen?« Heiner schob die Hände noch ein Stück tiefer in die Taschen, so dass sie schon fürchtete, die Hose könnte nachgeben und sich in Richtung seiner Knie verabschieden.

»Pit steckt in Schwierigkeiten.« Atemlos erzählte sie ihm, was sie in und vor der Bank gehört hatte.

»Das klingt gar nicht gut.« Er schüttelte langsam den Kopf. »Den Kerl kannst auch nicht alleine lassen. Wie kann der denn Aufträge unterschreiben, von denen er nichts hält?«

Auf den Gedanken war Penny noch gar nicht gekommen.

»Das ist noch nicht einmal das Schlimmste«, ereiferte sie

sich. Sie wollte sich nicht damit beschäftigen, dass Pit womöglich nicht ganz schuldlos in diese Situation geschlittert war. »Viel schlimmer ist, dass er das einfach so hinnimmt. Er wehrt sich nicht dagegen, dass Daniel ihn für seine Fehler büßen lassen will, sondern meint, dass man manchmal eben nichts tun kann. So ein Blödsinn!« Sie wusste nicht wohin mit ihrer Wut und fühlte sich wie ein Raubtier im Käfig. »Stell dir vor, er will sogar Usedom den Rücken kehren und auf dem Festland nach Arbeit suchen.« Sie blieb stehen, um Heiners Reaktion zu beobachten. Jetzt musste er erkennen, wie ernst die Lage war. Anstatt nahezu in Panik zu geraten, sie zu packen, zu einem ruhigen Plätzchen zu führen, um auf der Stelle gemeinsam einen Aktionsplan zu entwickeln, blieb er vollkommen entspannt. Seelenruhig öffnete er Lüftungs- und Kaminklappen des Räucherofens und warf einen prüfenden Blick hindurch auf den Fisch.

»Der braucht noch 'n büschen.«

»Hast du mich verstanden, Heiner?« Penny war nahe daran, vollständig die Fassung zu verlieren. »Wenn Pit geht, dann ist es vorbei mit unserem Single-Trio. Keine Treffen mehr, keine gemeinsamen Weihnachtsfeste …«

Er nickte. »Tja, wär bannig schade irgendwie.« Bevor sie ihm zustimmen konnte, sprach er weiter: »Aber so ist das eben. Alles hat seine Zeit.«

Sie starrte ihn mit offenem Mund an. Dann fand sie ihre Sprache wieder.

»Was soll denn das bedeuten? Heißt das etwa, du willst nichts dagegen tun?«

»Was können wir denn dagegen tun?« Heiner sah sie ratlos an.

Wenn ich das nur wüsste.

Eins wusste sie ganz sicher. Sie musste Heiner klarmachen, was es bedeutete, wenn Pit fortging. Pit war auf Usedom geboren, er liebte seine Insel. Auf dem Festland konnte er nicht glücklich werden. Das war noch schlimmer als der Umstand, dass er ihr fehlen würde.

»Erinnerst du dich an Halloween in Heringsdorf? Du hattest dir ein weißes Laken übergeworfen und bist als Geist gegangen.«

Er lehnte an den sauber gestapelten Buchen- und Erlenholzscheiten und lächelte. »Und ihr wart Vampire, Pit und du. Ihr habt klasse ausgesehen.«

»Nein, weißt du nicht mehr? Pit war der Vampir, ich sein Opfer.«

»Stimmt! Du hattest dir zwei Punkte auf den Hals gemalt.« Er schüttelte sich. »Das sah so fies aus, als hättest du da wirklich zwei Löcher.«

»Wir hatten so viel Spaß und haben auch noch den ersten Platz beim Kostümwettbewerb abgeräumt.«

»Oje, ja, eine Flasche Champagner.« Heiner schüttelte sich wieder. »Mann, war der sauer!« Die Erinnerung schien ihn noch mehr zu gruseln als der Gedanke an die geschminkte Bisswunde.

»Trocken«, korrigierte sie ihn lachend. »Bei Champagner sagt man trocken.«

»Dat Zeug hat nicht geschmeckt.« Plötzlich musste er breit grinsen. »Allerdings war das nicht so schlimm wie der Wacholderschnaps von Pit. Weißt du noch?«

»Leider! Den vergesse ich in meinem ganzen Leben nicht.« Pit hatte damals Urlaub in Österreich gemacht und dort einen Wacholder serviert bekommen, der ihm so gut geschmeckt hatte, dass er eine Flasche mit nach Hause nehmen wollte. Der Preis war jedoch so hoch gewesen, dass er beschloss, das Zeug selber anzusetzen. »Nicht genug, dass er den Gnitz komplett auf links gedreht hat, um Beeren zu finden, nein, er machte auch vor der Südspitze nicht halt.«

»Die Naturschutzgebiet ist«, ergänzte Heiner. »Ich dachte, nu wird er verhaftet. Wie kann man denn in einem Naturschutzgebiet Wacholder sammeln?«

»Vor allem: Wozu? Er hatte doch schon ein Körbchenvoll geerntet. Und im Rezept stand: Geben Sie etwa eine Handvoll Beeren in einen Liter Korn.«

»Der Herr musste ja auch gleich drei Liter ansetzen. Außerdem hieß es: etwa eine Handvoll. Da dachte sich Pit Luhrow: Viel hilft viel.« Penny lachte gequält. »Er war überzeugt davon, das hervorragende Aroma könne nur daher kommen, dass man bei der Herstellung des österreichischen Wacholdergeistes nicht mit besten Zutaten gespart hätte. Dass das Gesöff nur so gut war, weil jemand die Beeren vorsichtig dosiert hatte, kam ihm nicht in den Sinn. Von einem feinen Geschmack war Pits Variante weit entfernt.«

»Das hat geschmeckt wie … Seife. Nur schlimmer. Ich darf gar nicht dran denken.« Heiner verzog das Gesicht.

»Und er hatte gleich so viel gemacht.«

»Eine Flasche für jeden von uns. Das hat er aber erst beschlossen, nachdem er das Zeug probiert hat. Da wollte er es plötzlich loswerden.«

»Das Wacholderdrama gehört nicht gerade zu meinen liebsten Erinnerungen.« Penny lächelte verträumt. »Da denke ich doch viel lieber an unseren Ausflug nach Bornholm.«

»Ja, das war einmalig«, stimmte Heiner aus tiefstem Herzen zu. »Wir kannten uns damals noch gar nicht so gut. Es war unglaublich großzügig von dir, uns zu so einer Reise einzuladen.«

»Es war unglaublich großzügig von euch, mir so viel eurer kostbaren Zeit zu schenken, damit ich das schönste Gartenhäuschen der gesamten Insel bekomme.« Sie strahlte ihn an. »Wie du schon sagst, wir kannten uns noch nicht besonders gut, trotzdem habt ihr mir geholfen. Ihr habt geschuftet wie die Irren und wart beleidigt, als ich euch Geld dafür geben wollte.«

»Dat wär ja noch schöner«, brummte er schockiert.

»Genau das habt ihr damals auch gesagt. Also musste ich mir etwas einfallen lassen. Die Einladung nach Bornholm konntet ihr nicht ablehnen.«

»Nö, du hattest ja schon alles gebucht.«

»Ich habe euch vorher gefragt, ob der Termin passt«, verteidigte sie sich.

»Aber du hast nicht verraten, was du vorhast. Das war eine Überraschung!«

»Ich werde den Anblick der weißen Windmühle von Swinemünde nie vergessen. So etwas hatte ich an der Spitze einer Mole nicht erwartet. Ich weiß noch, dass ich mich gar nicht von dem Bild losreißen konnte, als die Fähre sich auf den Weg gemacht hat. Eine schneeweiße Mühle mit weißen Flügeln, umgeben von türkis schimmerndem Wasser.« Sie seufzte. »Das war etwas Besonderes.«

»Wenn ich an die Abfahrt denke, habe ich immer das Tuten des Schiffes im Ohr, als wir den Leuchtturm hinter uns gelassen haben. Obwohl es höchstens sechs Stunden bis Bornholm waren, kam ich mir vor, als ginge es auf große Fahrt.«

»Tatsächlich? Das hast du nie erzählt. Ich dachte, gerade für dich war die Schiffstour eher eine langweilige Idee. Schließlich bist du berufsbedingt dauernd draußen auf der Ostsee.«

»Das ist doch was ganz anderes. Ob du mit 'nem Fischkutter die Reusen ausbringst oder ob du mit einer schicken Fähre immer weiter rausfährst, das kannst nicht vergleichen.«

»Ich war seitdem nicht mehr in Swinemünde. Schade eigentlich. Weit ist es dorthin ja nicht gerade, und der Ort war so hübsch.«

»Mir hat Bornholm viel besser gefallen.«

»Ja, mir auch.« Sie nickte. »Durch die vielen Arbeiten am Haus und im Garten hatte ich nicht genug Taschengeld, um in der Keramikfabrik von Rønne zuzuschlagen.«

»Du hattest dir schon ein Geschirr ausgesucht und hast gesagt, das nimmst du nächstes Mal mit. Ein nächstes Mal hat's aber nie gegeben, oder?«

»Nein.« Sie dachte nach. »Siehst du, ein Grund mehr, warum wir Pit aufhalten müssen. Wir müssen unbedingt noch einmal zu dritt nach Bornholm fahren.«

»Stimmt schon. Weißt du noch, dieser Ort ganz im Osten der Insel? Da gab es diese Räucherei mit den fünf Schloten. Würde gern mal sehen, ob die noch immer an ihren traditionellen Rezepten festhalten.«

»Ich weiß vor allem noch, wie Pit in der Räucherei in dieser größeren Stadt auf dem Tisch getanzt hat. Wie hieß die noch? Diese Stadt im Herzen von Bornholm.«

»Keine Ahnung, den Namen habe ich wohl verdrängt.« Er lachte. »Genau wie den von diesem verrückten isländischen Rocker, der die gesamte Insel zum Beben gebracht hat.« Er schüttelte grinsend den Kopf und öffnete wieder eine Klappe, um den Fisch in seinem Ofen zu begutachten.

»Pit und dieser Typ haben eine Show geliefert … die war wirklich legendär.« Wie lange hatte Penny nicht mehr daran gedacht?

»Mindestens so legendär wie Pits Knieschmerzen am nächsten Tag. Wie kann man sich auch ungebremst auf die Knie fallen lassen? In dem Alter!«

»Hör mal, so alt ist er ja nun nicht. Auf Bornholm war er sogar noch ein paar Jahre jünger. Aber du hast schon recht, war 'ne ziemlich blöde Idee von ihm.«

»Den ganzen nächsten Tag ist er herumgehumpelt. Wenn du ihm nicht die Beine von oben bis unten mit diesem Löwenöl eingerieben hättest …«

»Tigerbalsam«, korrigierte sie ihn.

»Wie auch immer. Hauptsache, es hat geholfen.«

»Stimmt.« Penny sah ihm zu, wie er die Klappen wieder sorgfältig verschloss. »Soll das alles vorbei sein, Heiner?«

»Nu guck man nich so traurig. Wenn was vorbei is, kommt dafür was Neues. Wir sind alle noch jung genug, um Familien zu gründen.«

»Was? Ich denke, du bist überzeugter Single. So wie wir alle.«

»Ich weiß nicht, Penny. Meinst du, das ist bei Pit so? Ehrlich gesagt, dachte ich das bisher nicht. Von dir übrigens auch nich. Ich meine, sind wir nicht so was wie 'ne Zweckgemeinschaft? Ich für meinen Teil finde den Gedanken an Kinder eigentlich ganz schön. Wer soll denn sonst unsere Familientradition fortführen und die Räucherei übernehmen? Wer soll sich um meinen guten alten Altonaer Ofen kümmern?«

»Du könntest alles an junge ambitionierte Leute verkaufen. Hat dein Koch nicht einen Sohn? Vielleicht hat der Interesse.«

»Nee, Penny, das wär nich das Gleiche. Das soll man schön in der Familie bleiben. So ist das im Leben. Alles hat seine Zeit.«

Sie musste schlucken. Sie wollte einfach nicht, dass die Zeit zu dritt vorüber war. Die beiden waren ihre Familie, ihre Alternative zu diesem ganzen Romantik-Schnickschnack. Es durfte nicht vorbei sein.

»So, nu fang man nich gleich an zu heulen. Sonst heul ich noch mit.« Heiner lächelte ihr zu. »Noch ist es ja nicht so weit, dass Pit auf der Straße sitzt. Und eins is man klar: Wenn Daniel Pit übers Ohr hauen will, kann Pit auf uns zählen.«

Kapitel 4

Penny musste nachdenken. Wie so oft in letzter Zeit. Weil sie so häufig zum Denken in den Garten gegangen war, sah dieser entsprechend ordentlich aus. Die Rasenkanten waren exakt gestutzt, gemäht hatte sie sowieso. Die verwelkten Blätter der Frühlingsblüher waren entfernt. Sie hatte sogar neue Rankhilfen gebastelt, indem sie Bambusstäben Schneckenhäuser als Kopf aufgeklebt hatte. Es gab einfach nichts zu tun. Das kam selten genug vor, und meistens freute sich Penny über diese wenigen Gelegenheiten, es sich mit einem Buch zwischen ihren Obstbäumen und Sträuchern gemütlich zu machen. An diesem Tag jedoch hatte sie nicht die Ruhe dafür. Wenn der Garten sie schon nicht beschäftigte, würde sie sich eben das Rad schnappen und eine Runde drehen. Penny entschied sich für den Waldweg in Richtung Ahlbeck. Schotter spritzte unter ihren Rädern zur Seite, als sie kräftig in die Pedale trat und Tempo machte. Sie musste an ihre erste Fahrt auf dieser Strecke denken, gleich nachdem sie das Rad von Pit bekommen hatte. Lange hatte Penny damals noch nicht auf der Insel gelebt. Die Landstraße erschien ihr zunächst verlockender, weil der relativ neue Asphalt glatter war als das Gemisch aus Sand, Steinen und alten Asphaltabschnitten. Allerdings war die für Fahrräder verboten. Noch entscheidender war der Fahrstil einiger Verkehrsteilnehmer.

Autos rasten in einem Affenzahn so dicht an ihr vorbei, dass höchstens ein gefüllter Briefumschlag zwischen Außenspiegel und ihren Ellenbogen gepasst hätte. Seither zog sie den Waldweg vor. Sie erinnerte sich daran, dass sie überrascht von der Steigung war, die man zu bewältigen hatte. Jetzt kam ihr die Steigung gerade recht. Sie brauchte etwas, um sich abzureagieren, um ihre überschüssige Energie loszuwerden, sonst funktionierte ihr Hirn einfach nicht. Nach den ersten Kilometern war sie in der Lage, den ganzen Schlamassel im Geist zusammenzufassen.

Daniel hatte vor, Pit die falschen Entscheidungen in die Schuhe zu schieben, die seinen Betrieb in die Krise geführt hatten. Pit hatte diese Entscheidungen zwar nicht getroffen, auf Daniels Anweisung hin allerdings die entsprechenden Papiere unterzeichnet. Er hatte die Vollmacht. Pit hatte die Vollmacht, entscheidende Verträge für die Firma zu unterzeichnen. Woraus Daniel ihm einen Strick drehen wollte, konnte seine Rettung sein, oder? Penny bremste ab. Sie überlegte, ob sie umdrehen und mit Pit sprechen sollte.

Er wird dich fragen, wie genau du dir diese Rettung vorstellst.

Woher sollte sie das wissen? Er kannte sich in dem Geschäft aus. Er musste eine Idee entwickeln, um die Firma zu retten oder um zu beweisen, dass er an der Misere keine Schuld hatte. Dummerweise hatte sie nicht den Hauch einer Ahnung, wie das allein mit einer Unterschriftenvollmacht zu erreichen wäre. Schnaufend trat sie wieder kräftiger in die Pedale. Das schlimmste denkbare Szenario sah so aus: Daniel schob Pit die Schuld für die drohende Insolvenz in die Schuhe. Pit wurde dafür haftbar gemacht und musste einen Teil des finanziellen Verlusts übernehmen. Er würde nach Berlin oder nach Brandenburg gehen, dort in einem erbärmlichen Zimmer hausen, weil sein Gehalt gepfändet wurde und ihm kaum genug zum Leben bliebe. Vielleicht landete er sogar auf der Straße. Penny schluckte. Das durfte einfach nicht passieren.

Wird es nicht. Verena, das bunte Berliner Gewächs, findet ihn süß. Sie wird ihn bei sich aufnehmen. Mit Kusshand.

Der Gedanke beruhigte Penny nicht. Im Gegenteil. Sie passierte ein Schild mit der Aufschrift »Radfernweg Berlin-Usedom«. Alle Wege führten anscheinend nach Berlin.

Aber doch nicht für Pit!

Sie trat noch kräftiger in die Pedale. Ihre Haare flogen im Wind, ihr Atem ging immer schneller. Manchmal musste sie Zweigen ausweichen, die in den Weg ragten, dann wieder hob sie in voller Fahrt den Vorderreifen an, um einen stattlichen Ast zu überwinden, dem sie nicht mehr ausweichen konnte. In der nächsten Sekunde flog ihr etwas Dickes entgegen, das brummte wie ein Minihubschrauber. Das ungeschickte Flugobjekt war zu behäbig, um einen Zusammenstoß zu verhindern. Es prallte gegen Pennys Wange, trudelte rückwärts durch die Luft und blieb auf ihrer Klingel mit integriertem Kompass hocken. Es war ein Maikäfer. Wie der Wonnemonat, genau so, nicht mit Ypsilon. Er drehte sich über der Kompassnadel ein wenig nach Süden und sah dabei irgendwie verwirrt aus. Wahrscheinlich hatte er die Orientierung verloren. Penny hatte aufgehört zu treten und ihr Rad ausrollen lassen. Als sie endgültig zum Stehen kam, hob der Käfer ab und flog, leicht schwankend, davon.

Du hast wohl in Maibowle gebadet. Na dann, guten Flug!

Sie wollte sich wieder in den Sattel schwingen, doch etwas hielt sie davon ab. Verena glaubte dem Geschwafel einer Wahrsagerin. Sie war nur aufgrund von deren Prophezeiungen nach Usedom gekommen. So weit, so albern. Das Blöde war, dass sie mit ihrer Taktik zwei Handwerker kennengelernt hatte, die Single waren und die sie auch noch beide süß fand. Dass die Männer sie auch nicht gänzlich unattraktiv fanden, war nicht zu übersehen. Gab es da vielleicht doch etwas zwischen Himmel und Erde, das mit Logik nicht zu erklären war? War dieser Maikäfer auf der Usedom-Berlin-Route womöglich ein Zeichen, das das Universum ihr geschickt hatte?

Du spinnst, Penny.

Aber was, wenn nicht? Was, wenn jemand einen Hinweis geschickt hat?

Toller Hinweis. Und was soll der bedeuten?

Sie stieg auf und fuhr weiter in Richtung Swinemünde. Sie ließ es jetzt langsamer angehen. Sowohl Berlin als auch der Maikäfer deuteten ganz klar auf Verena May hin. War sie der Schlüssel zu einer Lösung?

Quatsch, sie hat schließlich nichts mit Pits beruflicher Situation zu tun. Und das ist doch wohl das vorrangige Problem.

Nein, Verena hatte ganz sicher nichts mit Pits Schlamassel zu tun. Aber sie war der Grund, warum es für ihn plötzlich nicht mehr vollkommen abwegig war, aufs Festland zu gehen. An der Nordsee gab es Reetdachdeckereien und auch auf zahlreichen Inseln. Und ihn zog es ausgerechnet nach Berlin oder Brandenburg. Das war kein Zufall. Okay, das hieß, Penny musste dafür sorgen, dass Verena sich gegen Pit entschied und dass er doch lieber die Finger von Verena ließ. Sie war ziemlich sicher, dass er dann auch den Gedanken ad acta legen würde, ans Festland zu gehen. Wollte sich Verena nicht mit ihr verabreden? Penny wusste, dass die Bitte, Verena mit weiteren handwerklich aktiven Männern bekannt zu machen, nur Tarnung gewesen war. Sie wollte vor Heiner weiter ihre Rolle als interessierte Journalistin spielen und brauchte einen plausiblen Grund, sich mit Penny zu verabreden. Man konnte sich ja einfach mal dumm stellen.

Dummheit ist eine Gabe Gottes. Man sollte nicht zu großzügig damit umgehen. Aber in diesem Fall musst du nicht übertrieben sparsam damit sein, Penny.

Sie rollte durch den Wald. Es duftete nach Holz und nach Kiefern. Penny hatte keine Ahnung, ob sie noch in Deutschland oder schon in Polen war. Sie schlug den Lenker ein, fuhr eine scharfe Kurve und machte sich auf den Heimweg. Mit einem Mal hatte sie es sehr eilig, zu ihrem Telefon zu kommen.

»Hallo, Verena, hier ist Penny.«

»Penny! Das ist nett, dass du anrufst.«

»Du wolltest mich treffen. Ich dachte, so ganz lange kannst du vielleicht nicht mehr auf der Insel bleiben. Irgendwann ist jeder Urlaub vorbei, und du musst zurück nach Berlin, nehme ich an.«

»Ja, leider.«

»Siehst du, deshalb wollte ich unsere Verabredung nicht auf die lange Bank schieben. Passt es dir morgen?«

»Ich mache es passend.« Sie lachte. Penny hielt den Hörer einen Meter neben ihren Kopf. Live war Flipper lustig, direkt am Ohr eher schmerzhaft.

»Toll! Ich habe um vier Uhr Feierabend. Holst du mich am Rathaus ab?«

Sie spazierten die Kirchstraße entlang bis zur Promenade.

»Ach, Penny, du kannst dir gar nicht vorstellen, wie schwierig das für mich ist. Neulich war ich lange bei Pit. Erst dachte ich, er hat Kummer, denn er war so verschlossen. Doch je länger wir zusammen waren, desto fröhlicher wurde er. Ich glaube, mein Besuch hat ihm wirklich gutgetan.«

»Meinst du?«

»Ja! Das scheint dich zu überraschen.«

»Nein, nein, so würde ich das nicht sagen. Hat er dir gesagt, was ihn so bedrückt hat?«

»Nein, ich habe ihn auch nicht gefragt. Manchmal ist es gut, Dinge auf sich beruhen zu lassen, denke ich.«

»Kann schon sein.« Sie bogen links ab und gingen zur Seebrücke. »Du hast gesagt, dass irgendetwas schwierig für dich ist. Was meinst du?«

»Die Wahl zwischen Pit und Heiner.« Verena sah sie mit großen Augen an, als läge das doch wohl auf der Hand. »Sie sind beide richtig süß. Und sie mögen mich beide. Du musst mir einfach helfen, den Richtigen zu wählen.«

Das werde ich, verlasse dich drauf.

»Ach, das meinst du. Tja, weißt du, das ist tatsächlich nicht so einfach. Wenn ich gewusst hätte, was du in Wirklichkeit von den Männern willst, warum du jemanden kennenlernen möchtest, dann hätte ich dir vermutlich keinen von beiden vorgestellt.«

Bis hierhin ist es noch nicht mal gelogen.

»Wieso?« Wenn Verena diesen verständnislos hilflosen Blick aufsetzte, sah sie aus wie Bambis Zwillingsschwester.

Sie schlenderten auf die Brücke, lehnten sich auf das hölzerne Geländer und sahen fünf Frauen und einem Mann zu, die ihre Staffeleien im Sand aufgebaut hatten und die Ostsee mal vorbildgerecht, mal äußerst abstrakt auf die Leinwand bannten. Die Damen hatten sich Campingstühlchen mitgebracht, der Hahn im Korb hockte im Schneidersitz vor seiner Malerei. Seine Farbpalette hatte er auf einer Supermarktplastiktüte neben sich liegen.

»Das ist bestimmt ein Malkurs«, erklärte Penny. »Es zieht viele Hobbymaler nach Usedom. Profis natürlich auch. Finde ich gut, dass so viele Kurse angeboten werden. Auch Schreibkurse übrigens. Die Insel ist wirklich etwas für kreative Leute.«

»Warum hättest du mir keinen von beiden vorgestellt?« Verena ließ sich nicht so leicht ablenken. Penny sah in die Ferne. »Wie soll ich dir das erklären? Ich dachte doch, du brauchst lebende Objekte für deine Reportage.« Sie lachte leise. »Dass du einen Mann fürs Leben suchst, konnte ich nicht ahnen. Du bist eine nette Frau, Verena. Du brauchst auch einen netten Mann.« Sie seufzte tief. »Pit und Heiner sind süß, da hast du schon recht. Nur welche Frau will denn einen Mann, der nur süß ist? Auf Dauer, meine ich. Sieh mal, du kommst aus Berlin, aus einer Metropole. Bestimmt gehst du viel ins Museum, oder du besuchst die Oper.«

Verena schüttelte den Kopf. »Nein, eigentlich eher nicht.«

»Nein? Ach so. Na, jedenfalls bist du Leute gewöhnt, die kosmopolitisch sind.«

»Was?«

Herrgott, wie kann man denn so schwer von Begriff sein?

»Berliner sind Weltbürger. Du bist Journalistin. Du bist sogar eine Berliner Journalistin. Dein geistiger Horizont ist so weit wie das Meer.« Sie deutete in einer übertriebenen Geste über den Strand.

»Ach was, so schlimm ist das nicht.« Verena strahlte sie an.

Stimmt, sieht nicht so aus.

»Was ich meine, ist, dass Pit und Heiner auf ihrer Insel aufgewachsen sind. Sie sind beide noch nicht viel herumgekommen.«

»Ich denke, Heiner hat studiert. Das hat er ja wohl kaum auf Usedom gemacht. Du wusstest nicht einmal etwas davon. Vielleicht hat er mal eine Weltreise gemacht, und du weißt es gar nicht.«

»Glaube ich nicht«, murmelte Penny beleidigt.

»Ist doch auch gar nicht wichtig, ob jemand viel von der Welt gesehen hat. Heiner hat Herzenswärme. Er hat sein Kunststudium aufgegeben, um sich um seine kranke Mutter zu kümmern. Das finde ich toll.« Sie seufzte.

»Komm, wir gehen ein Stück.« Penny konnte es mit einem Mal nicht mehr ertragen, die Künstler mit ihren Staffeleien, Pinseln und Farben zu beobachten. Sie verließen die Seebrücke, zogen die Schuhe aus und liefen barfuß durch den Sand. Die ersten Urlauber packten allmählich ihre Badesachen zusammen. Es war Zeit, in die Unterkunft zu gehen, zu duschen und zu Abend zu essen. Wenn die Sonne weg war, wurde es noch recht kühl um diese Jahreszeit. Während der Hauptsaison würde der Strand länger bevölkert sein.

»Hast du schon eine Ahnung, wer von den beiden mich lieber hat?«, wollte Verena unvermittelt wissen.

»Um ehrlich zu sein, hat keiner etwas in dieser Richtung angedeutet. Nein, wenn ich so darüber nachdenke, hat weder Pit noch Heiner sich besonders begeistert über dich geäußert.« Das war nicht sehr nett, aber es erschütterte Verena keinesfalls.

»Hast du das etwa erwartet? Ihr seid zwar nur befreundet, aber ich kann mir gut vorstellen, dass die beiden trotzdem nicht recht wissen, wie du damit umgehst, wenn einer aus eurem Single-Trio aussteigt.«

»Sexy-Single-Trio«, korrigierte Penny und kam sich sofort albern vor.

»Ist doch klar, dass sie dir nicht die Ohren vorschwärmen. Das spricht übrigens dafür, dass sie beide einen guten Charakter haben. Sie sind taktvoll. Das ist keine Selbstverständlichkeit.«

Sie gingen eine Weile schweigend nebeneinander her. Penny genoss den warmen Sand unter den Füßen. Sie sog die salzige Luft ein, lauschte auf das gleichmäßig anschwellende Rauschen der Wellen. Das war es, was sie an ihrer Insel so liebte.

»Aber du musst doch etwas gespürt haben«, beharrte Verena.

»Hm, ich bin nicht sicher. Wenn überhaupt, dann hast du bei Pit größere Chancen, glaube ich.«

Das war eine fette Lüge, Penny. Eine Notlüge.

»Er ist wirklich ein netter Kerl. Weißt du, er kann mit Theater und Kultur nichts anfangen. Und er wird deine Begeisterung für Astrologie und Wahrsagerei nie ernst nehmen. Aber das macht dir doch nichts aus, oder?«

»Wenn er erfährt, dass eine Wahrsagerin uns zusammengeführt hat, ändert er seine Meinung vielleicht.«

»Sicher nicht.« Penny lachte und schüttelte heftig den Kopf. »Pit ändert seine Meinung nie. So wie er sich nie schick anziehen würde, nur weil du mit ihm ausgehen willst. Selbst Weihnachten trägt er seine geliebten Arbeitshosen mit unzähligen Taschen, die natürlich alle vollgestopft sind, so dass der Stoff überall dicke Beulen hat. Es sieht unmöglich aus, aber er meint, so hat er immer alles bei der Hand. Kannst du mir sagen, was man zu Weihnachten mit einem Zollstock, einem Schraubendreher, mit Sekundenkleber und einem Phasenprüfer will?«

»Nein.« Verena sah verunsichert aus. Penny war auf dem richtigen Weg.

»Silvester sind wir mal zu dritt ausgegangen. Wir waren erst im Theater …«

»Ich denke, das ist nichts für Pit«, fiel Verena ihr ins Wort. Sie war aufmerksam. Penny musste aufpassen, wenn sie nicht auffliegen wollte.

»Das war kein richtiges Theaterstück, sondern eher ein Varieté. Er war auch nicht gerade begeistert. Jedenfalls hatte er ein T-Shirt an, das er schon tagelang vorher getragen hat. Bei Pit kannst du schon froh sein, wenn er seine Pullover und Hemden richtig herum trägt statt links herum. Das ist auch schon öfter vorgekommen.« Sie verdrehte die Augen.

»Aha.« Das klang mehr als nachdenklich. »Und was ist mit Heiner? Um ehrlich zu sein, hatte ich das Gefühl, dass ich bei ihm die größeren Chancen hätte.«

Um ehrlich zu sein, ist das auch mein Eindruck.

»Das ist sehr schwer zu sagen. Heiner ist nicht gerade ein großer Redner.«

»Wir haben uns bisher ziemlich gut unterhalten.«

»Er hat dir bestimmt vom Fischen und Räuchern erzählt, oder?«

»Ja, das ist alles sehr interessant.«

»Ja, fand ich auch beim ersten Mal.« Penny ließ ihren Satz wirken. »Es ist irgendwann eben etwas eintönig, wenn jemand nur davon spricht, von wann bis wann die Heringssaison geht, dass danach die Tobias-Fische gefangen werden müssen, damit man die Aalreusen bestücken kann. Hat er dir auch schon erklärt, wie sein Altonaer Ofen funktioniert? Das ist sein ganzer Stolz. Wenn er dich wirklich mag, erlaubt er dir bestimmt bald, Holz für ihn zu spalten. Die Buchen- und Erlenscheite müssen ein ganz bestimmtes Format haben.« Penny stöhnte. »Es ist ein Vertrauensbeweis, wenn er dich das machen lässt. Ist ganz schön anstrengend und nicht so einfach. Ich hätte mir beim ersten Versuch beinahe zwei Finger abgehackt.« Sie lachte. »Aber was tut man nicht alles für Freunde?«

»Ich kann mir gar nicht vorstellen, dass Heiner mir so eine Arbeit aufs Auge drücken würde. Er ist so zuvorkommend, der perfekte Gentleman.«

»Er sieht das nicht als Arbeit an, weißt du? Für ihn ist das eher ein Privileg, das er dir verleiht.« Allmählich kam Penny in Fahrt. »Ach, mach dir keine Sorgen, er wird es schon verstehen, wenn du keine Lust dazu hast. Solange du nichts gegen seine Schlangen hast …«

»Er hat Schlangen?«

»Hat er dir die noch nicht gezeigt?« Penny riss in gespieltem Erstaunen die Augen auf. Dann legte sie den Kopf schief. »Dann hast du doch bei Pit den größeren Stein im Brett. Wenn überhaupt«, schob sie hinterher.

»Sind es giftige Schlangen?«

»Nein, ich glaube, die würgen lieber, als dass sie beißen. Giftig ist nur die Tarantel, aber ihr Biss wäre auch nicht tödlich, wenn sie dich mal erwischen würde.«

»Er hat auch eine Spinne?«

»Eine? Er hat die Tarantel und dann das Gefäß mit den vielen kleinen Spinnen. Futtertiere für die große«, erklärte sie, als sei es das Normalste der Welt. »Du brauchst vor seinen Viechern wirklich keine Angst zu haben. Selbst wenn die Riesenspinne dich mal beißt, würdest du nicht daran sterben. Du kriegst höchstens Muskelschmerzen und vielleicht ein paar Geschwüre. Mit Blasenbildung«, ergänzte sie mit einem verstohlenen Seitenblick. Verena war blass geworden. »Ich finde es gut, wenn Männer ein Hobby haben. Sonst gehen sie doch nur mit ihren Kumpels in die Kneipe oder gucken den ganzen Abend fern, meinst du nicht? Und Haustiere sprechen doch auch für einen guten Charakter. Das heißt doch, dass jemand Verantwortung für ein Lebewesen übernimmt und dass er Gefühle für seinen tierischen Mitbewohner hat.«

»Gefühle für eine Spinne?«, fragte sie tonlos.

»Ich bekomme allmählich Hunger. Wie sieht's bei dir aus? Wollen wir zum Asiaten? Wusstest du übrigens, dass die teilweise Spinnen und Schlangen essen? Deswegen kriegst du Heiner in kein chinesisches Restaurant.«

Sie entschieden sich für ein Lokal, das Hausmannskost auf der Karte hatte und pommersche Küche. Neben Fisch in allen denkbaren Variationen gab es Wild aus Usedoms Wäldern. Verena wirkte noch immer etwas fahl unter ihrem Puppengesicht mit dem blauen Lidschatten, dem rosa Lippenstift und dem ebenfalls rosa, kreisförmig aufgetragenen Rouge.

»Alles in Ordnung bei dir?«, fragte Penny gut gelaunt.

»Nein, das kann ich nicht behaupten.« Sie klang sehr traurig. Penny bekam ein schlechtes Gewissen. »Glaubst du wirklich, dass ich eher bei Pit Chancen habe? Ich dachte, dass Heiner … Die Sache mit den Schlangen und Spinnen. Meinst du, es ist tatsächlich ein schlechtes Zeichen, dass er sie mir noch nicht gezeigt hat?«

»Ich würde dem nicht zu viel Bedeutung beimessen. Wenn du sie gerne sehen möchtest …«

»Nein«, rief Verena laut. »Auf keinen Fall.«

»Dann solltest du ihn nicht darauf ansprechen. Mit einer gemeinsamen Zukunft wird es allerdings schwierig. Heiner gibt es nur mit kreuchendem und krabbelndem Anhang oder gar nicht.« Sie zuckte die Schultern und vertiefte sich in die Speisekarte.

Von einer Sekunde auf die andere war Verenas Betrübnis verflogen. »Dann ist das die Entscheidung. Ich soll mich auf Pit konzentrieren.«

»Du hast recht, das Viehzeug bringt die Entscheidung. Das Leben kann manchmal so einfach sein.« Penny strahlte sie an. Dann holte sie zu ihrem nächsten Schlag aus. »Es gibt da auch noch eine andere Möglichkeit. Könntest du dir vorstellen, noch einen Handwerker kennenzulernen?«

»Nun ja, wie du schon sagtest, jeder Urlaub geht einmal zu Ende. Mir bleibt nur noch eine knappe Woche. Andererseits ist es nicht weit von Berlin nach Usedom. Wenn ich nicht gerade die teuersten Hotels buche, kann ich natürlich auch für das eine oder andere Wochenende wiederkommen. An wen hast du gedacht?«

»Du hast ihn vielleicht sogar schon gesehen. Ich dachte da nämlich an Pits Chef.«

»Nein, den habe ich nicht kennengelernt.«

Umso besser.

»Das solltest du nachholen. Weißt du, Daniel hat das Reetdachdecken bei Pit gelernt.«

»Er hat bei Pit gelernt? Aber Pit ist doch sein Angestellter.« Die Verwirrung war Verena ins Gesicht geschrieben.

»Das war mal umgekehrt.« Penny erzählte, dass Pit seine Scheidung teuer hatte bezahlen müssen. »Dass er schon mal verheiratet war, weißt du ja. Wenn er eine Frau loswerden will, lässt er sich das eben etwas kosten. Daniel kommt aus einem wohlhabenden Elternhaus. Er war so mutig, das Geschäft kurz nach Beendigung der Lehre zu übernehmen, und so anständig, seinen ehemaligen Arbeitgeber im Betrieb zu behalten. Er ist überhaupt ein ganz anderes Kaliber als die beiden. Kann sein, dass er handwerklich nicht ganz so begabt ist, er hat seine Stärke eher im administrativen Bereich. Dafür hat er eine exzellente Kinderstube genossen. Daniel hat Manieren und Kultur«, schwärmte sie. »Wenn du den nach Berlin mitnimmst und deinen Freunden und Kollegen vorstellst, dann musst du keine Angst haben, dich zu blamieren. Er würde wirklich gut zu dir passen, glaube ich.«

Das war ausnahmsweise nicht gelogen. Auf einmal fühlte Penny sich besser. Daniel war im Grunde kein übler Typ, nur sehr leicht beeinflussbar. Falls die beiden ein Paar werden würden, könnte Verena ihn auf den rechten Weg zurückbringen. Und er könnte sicher mit Leichtigkeit ihre Vorstellungen von einer romantischen Beziehung erfüllen. Natürlich, das war die Lösung: Verena würde nicht zulassen, dass Daniel Pit ans Messer lieferte. Sie würden gemeinsam einen anderen Weg finden, die Dachdeckerei zu retten, und Pit und Heiner blieben Singles.

Genial!

»Hm, ich weiß nicht.«

»Was hast du zu verlieren? Ich mache euch bekannt, und du siehst, ob du ihn leiden kannst, ob er dein Mr. Perfect ist, den die Wahrsagerin dir angekündigt hat.«

»Du hast recht, ich habe nichts zu verlieren. Was du von diesem Daniel erzählst, klingt sehr liebenswert. Ach Penny, du bist eine echte Freundin!« Verena schenkte ihr dieses warme, gewinnende Lächeln, und Penny hatte auf der Stelle das Bedürfnis, sich zu geißeln oder sich zur Strafe für ihr schäbiges Verhalten den Kopf kahl zu scheren.

»Er ist womöglich ein wenig schwach in Bezug auf eine eigene Meinung. Das will ich dir nicht vorenthalten. Er hört leicht auf andere, aber das muss ja nicht schlecht sein. Dann hört er vielleicht auch auf dich.« Penny knuffte Verenas Arm und zwinkerte ihr zu.

Phase eins abgeschlossen. Gehen wir über zu Phase zwei. Penny hatte Verena neugierig auf Daniel und ihr sowohl Pit als auch Heiner madig gemacht. Wenn sie jetzt noch dafür sorgte, dass Daniel sich für Verena interessierte, war sie einen ganzen Schritt weiter. Irgendwo tief in ihrem Inneren gab es noch immer ein Gewissen, das sie triezte, das ihr nahelegte, sich von ihren Plänen zu verabschieden und dem Schicksal seinen Lauf zu lassen. Heiner hatte es auf den Punkt gebracht: Pit konnte auf seine Freunde zählen, wenn ihn jemand übers Ohr hauen oder ihm in sonstiger Weise Ärger machen wollte. Nicht mehr und nicht weniger. Doch war es nicht viel schlauer, das Schlimmste schon im Vorwege zu verhindern, wenn man die Gelegenheit dazu hatte? Penny gelang es mit jeder Minute besser, ihr Gewissen zu beruhigen. Sie hatte einen Weg gefunden, der für alle zu einem guten Ergebnis führte, dessen war sie sicher. Kein Grund, sich schlecht zu fühlen. Sie griff zum Telefon.

»Daniel, Moin, hier ist Penny.« Schweigen am anderen Ende der Leitung. »Penelope Anders. Erinnerst du dich? Wir haben uns mal kennengelernt, als Pit noch dein Chef war. Ich bin …«

»Ja, ja, ich weiß, wer du bist. Du bist Pits Freundin.«

»Ganz genau.«

»Das ist ja 'ne Überraschung. Hab dich lange nicht mehr gesehen. Ich dachte schon, ihr hättet Stress miteinander.«

»Nein, kein bisschen. Aber ihr habt anscheinend Stress.«

»Wieso? Wie kommst du darauf?«

»Ich bin nicht blind, Daniel. Oder soll ich lieber Dan sagen?« Sie schnaubte verächtlich.

»Was soll das? Ich verstehe nicht …«

Nee, das kennen wir schon von dir.

»Dann spitze mal deine Ohren. Ich erklär's dir ganz einfach. Erstens war die Stimmung bei euch in der Firma in letzter Zeit so schlecht, dass ich keine Lust mehr hatte, Pit da oft zu besuchen. Zweitens hat er mir erzählt, dass du Mist gebaut hast und deshalb jetzt so gut wie pleite bist. Und drittens habe ich dich neulich mit diesem Finanzgenie Justin gesehen. Ich habe gehört, was ihr plant. Du willst Pit für deine Fehlentscheidungen drankriegen. Wenn du das durchziehst, kriegen wir Stress miteinander. Ich arbeite im Rathaus, falls du das vergessen hast. Ich habe Zugriff auf alle möglichen Dokumente. Ich kann dir richtig Ärger machen.«

Hoffentlich fragt er nicht, wie ich das anstellen will.

Daniel ließ sich lange Zeit mit seiner Antwort. »Ich weiß nicht, was du meinst. Pit hat Reet gekauft, ohne den Händler zu kennen. Und er hat fleißig Aufträge angenommen, für die wir das Material brauchten. Ist nicht meine Schuld, dass wir jetzt in der Klemme sitzen.«

»Hast du mir nicht zugehört? Ich weiß von eurem Plan. Du hast die falschen Entscheidungen getroffen, weil dieser Justin dich damit genervt hat, dass du dich endlich wie der Chef benehmen sollst, anstatt Pit das Geschäft zu überlassen. Du wolltest auch mal mit den großen Hunden pinkeln gehen und hast dir prompt die Pfoten nassgemacht. Und jetzt soll Pit den Dreck wegmachen. So läuft das nicht.« Sie hörte ihn atmen. Klang so, als wäre er nicht gerade die Ruhe selbst. »Wann ist Pit morgen in der Firma? Oder besser: Wann ist er ganz sicher nicht da?«

»Er ist gleich früh auf einer Baustelle in Bansin. Vor vier Uhr kommt der garantiert nicht zurück.«

»Sehr schön. Jetzt pass mal gut auf, Daniel: Ich schicke dir morgen eine Top-Journalistin aus Berlin vorbei. Sie heißt Verena May und arbeitet an einer Reportage über altes Handwerk auf Usedom. Wäre doch keine üble Werbung, wenn sie deinen Betrieb im Rahmen dieser Reportage vorstellen würde, oder?«

»Na ja, im Moment kann ich keine Aufträge annehmen. Wir haben kaum noch Reet und können auch keins bezahlen.«

Mist, da hatte er natürlich recht.

»Das wird sich früher oder später wieder ändern. Oder willst du den Betrieb etwa aufgeben?« Penny hatte eine Idee. »Wenn du Pit um Hilfe bittest, statt ihn in die Pfanne zu hauen, könnt ihr das Ruder bestimmt gemeinsam herumreißen. Er hat die besten Kontakte. Ich bin sicher, er kann Material auftreiben, das ihr erst bezahlen müsst, wenn ihr Geld vom Kunden habt. Pit hat schon so manche Klippe umschifft. Ich rate dir gut, mit ihm zu arbeiten statt gegen ihn. Wenn du es auf einen Rechtsstreit anlegst, ziehst du den Kürzeren.«

»Glaube ich nicht. Justin hat gesagt, derjenige, der sich den besseren Anwalt leisten kann, gewinnt.« Er zitierte seinen Kumpel sehr konzentriert. »Ich hab zwar kaum noch was, aber Pit hat nix. Also habe ich schon so gut wie gewonnen.« Sie konnte ihn breit grinsen hören. Er war von Justins Theorie offenbar überzeugt. Es war Zeit, ihm einen fetten Strich durch die Rechnung zu machen.

»Da wäre ich nicht so sicher. Ich habe da nämlich etwas läuten hören, dass diese Journalistin ein Auge auf Pit geworfen hat. Die hat jede Menge Kohle. Sollte sie tatsächlich mit ihm anbändeln, könnte Pit sich den besten Anwalt leisten.«

»Shit«, murmelte er leise.

Tja, Dan, manchmal geht etwas schief, und manchmal läuft's einfach nicht.

»Was sagst du?«, flötete sie.

»Ja, ähm, gut, äh, du hast bestimmt recht. Danke, dass du diese Reporterin schicken willst. Ist bestimmt echt gute Werbung. Sie kann gleich morgens früh kommen. Also, so um zehn.«

Der nächste Tag brachte Routine. Ein junges Pärchen konnte sich nicht entscheiden, ob es im Standesamt heiraten sollte oder doch lieber in der Salzhütte von Koserow.

»Das Standesamt ist möglicherweise ein wenig langweiliger, dafür ist es jedoch auch festlicher. Die Salzhütte ist originell, aber eben auch sehr rustikal«, spulte Penny die vertrauten Argumente ab.

»Wenn wir uns für die rustikale Variante entscheiden, würde dieser Fisch-Imbiss doch sehr gut passen, oder?« Der Bräutigam – er hieß Max und war gerade mal zweiundzwanzig – sah sie unsicher an. »Ich habe gehört, der ist auch ein bisschen einfach, aber trotzdem total angesagt.«

»Das wäre toll!« Die Braut, noch drei Jahre jünger als ihr

Verlobter, klatschte begeistert in die Hände. »Ich war da noch nie, aber ich habe schon so viel gehört. Sogar Justin Bieber soll mal da gegessen haben.«

»Das weiß ich leider nicht.« Penny verdrehte nicht die Augen, sondern schenkte den beiden ihr Profilächeln.

»Ist dieser Imbiss denn zu empfehlen? Ich meine, für eine Hochzeit«, betonte Max ernsthaft.

»Ja, *Mundfrischer Fisch* ist genau das Richtige für Sie, glaube ich. Das Essen ist sehr gut, die Preise sind absolut in Ordnung, und das Ambiente passt zu lockeren jungen Leuten, die wissen, was Trend ist. Ich kenne den Besitzer. Wenn Sie möchten, rede ich mal mit ihm und lasse Ihnen ein Angebot erstellen. Völlig unverbindlich natürlich.« Wenn man schon unbedingt heiraten musste, dann sollte es wenigstens eine schöne Feier werden, fand Penny. Und bei Heiner war man diesbezüglich in den allerbesten Händen.

»Das wäre so nett!« Wieder klatschte die Braut vor lauter Vorfreude.

»Kein Problem, das mache ich doch gern.« Penny fuhr auf ihrem Heimweg direkt bei Heiner vorbei, um ihm die Adresse des Paares zu bringen und ihn mit den Eckdaten zu versorgen: rund fünfundzwanzig Leute, Büffett, Tanzmöglichkeit.

»Das sind noch ganz junge Leute. Ich glaube, mit ein paar modernen Ideen würdest du denen eine Freude machen.«

»Was stellst du dir denn darunter vor?« Er schob die Hände in die Hosentaschen.

»Wie wäre es mit einer Burgervariation? Oder Sushi, wenn das nicht zu teuer wird. Ich fürchte, so sehr groß ist das Budget nicht.«

»Miniburger mit Fisch habe ich schon mal gemacht.« Er nickte. »Dat kam gut an. Hm, ich lass mir was einfallen. Denn plane ich man lieber mit niedrigen Preisen, damit die nich schon vor der Hochzeit die erste Ehekrise kriegen.«

»Das wäre super. Danke!«

»Magst 'n Stück Fisch mitnehmen?«

»Ja, gerne. Ich habe sowieso keine Lust zu kochen. Ich glaube, ich nehme ein Stück Räucheraal mit. Frisches Brot dazu, fertig.«

Ein Tisch war erst besetzt, an einem weiteren ließ sich gerade ein älteres Paar nieder. Es war noch früh. Für Heiner ging die Arbeit erst richtig los, wenn sie längst die Füße hochlegen konnte. Eigentlich hatte er immer Arbeit.

»Hast du was von Verena gehört?«, fragte er, während er die Aalhälfte auf einen Bogen beschichtetes Papier legte und mit geübten Handgriffen einrollte.

»Ich glaube, die hat sich verguckt.«

Heiner rutschte der Fisch aus dem Papier. »Verdammig noch eins«, fluchte er.

»Ist nicht schlimm. Dreck reinigt den Magen.«

»Is ja nicht gleich in Dreck gefallen«, knurrte er. »Bist sicher?«

»Ja, du sagst ja selbst, ist doch nichts passiert.«

»Nee, das mit Verena meine ich.«

»Süß, oder? Also, ich habe natürlich keine Einzelheiten. Ich weiß nur, dass sie ein Date hatte. Und zwar nicht mit Pit.« Sie sah seinen Gesichtsausdruck. »Was denn? Sonst werft ihr mir immer vor, dass ich so gar keinen Sinn für Romantik hätte. Jetzt finde ich mal was romantisch, dann ist es auch wieder nicht richtig.«

»Was soll denn daran wohl romantisch sein?«

»Na ja, sie hat für eine Reportage recherchiert und ihre große Liebe gefunden.« Als sie die große Liebe erwähnte, entglitten Heiners Gesichtszüge endgültig. Dass seine Enttäuschung so groß sein würde, hatte sie nicht erwartet. Es tat ihr leid. Nein, es tat ihr regelrecht weh, ihn so betrübt zu sehen. »Ich gönne es ihr. Verstehen kann ich es nicht.

Aus männlicher Sicht, meine ich. So toll ist sie ja nun auch wieder nicht, dass man ihr sofort verfallen müsste.« Sie lachte.

»Sie ist hübsch, finde ich.«

»Ein bisschen viel Make-up, meinst du nicht?«

»Nö, ihr steht das.«

»Okay, aber das Äußere ist doch wohl nicht alles, Heiner.«

»Sag ich auch gar nich. Bei ihr stimmt einfach das Gesamtpaket. Verena kann zuhören. Mit ihr kannst schnacken. Sie ist nicht zu schlau, also nich die hellste Fackel im Sturm, aber es langt. Obendrein versteht sie was von Gastronomie.«

»Tatsächlich? Wusste ich gar nicht. Ist sie beim Berliner Anzeiger auch für die Rezeptseite zuständig?«

»Nee, ihre Eltern haben eine Gaststätte. Da hilft sie immer mal mit. Macht ihr Spaß, sagt sie.« Penny wusste nicht, was sie sagen sollte. Irgendwie hatte sie das Gefühl, immer tiefer in diesem Schlamassel zu versinken. Am liebsten hätte sie im Rathaus eine Auszeit genommen, das Hausboot gekauft und wäre damit für ein paar Wochen abgehauen. Wenn sie wiederkam, war Verena Vergangenheit, und Pit und Heiner wichen ihr nicht mehr von der Seite, weil sie sie so vermisst hatten.

Schöner Traum. Hat nur leider nichts mit der Realität zu tun.

Sie wünschte von Herzen, dass jemand diese ganze vertrackte Geschichte für sie löste. Da ging die Tür auf, und Pit betrat den Imbiss.

»Moin! Wie seht ihr denn aus? Is euch 'ne Krabbe über die Leber gelaufen?«

»Du siehst auch nich gerade aus, als wärst das Epizentrum der guten Laune«, meinte Heiner. Und er hatte recht. Über

Pits sonnigem Gemüt hing eine geschlossene Wolkendecke. »Willst Fisch?«

»Wenn ich Kuchen wollte, wär ich nich hier.« Pit suchte sich etwas aus. »Mann, war das ein Tag! Erst will der Bauherr eine Schraubbindung, dann soll doch ausschließlich gebunden werden. Die traditionelle Art ohne Schraubung, sagt der. Is ja in Ordnung, aber hätte ihm das nich von vornherein einfallen können?« Er schnaubte. »Dann is mir dauernd das Klopfbrett aus der Hand gefallen. Nich einmal, nee, dreimal an einem Tag!« Er schüttelte den Kopf, als könne er es noch immer nicht fassen. »Sonst passiert das mal, und dann bleibt dat Ding irgendwo im Stroh hängen. Aber nee, heute musste es natürlich bis auf die Einfahrt donnern.«

»Es gibt Tage, da wärst besser im Bett geblieben«, brummelte Heiner.

»Raus mit der Sprache, was hattet ihr für 'n Ärger?« Pit sah von einem zum anderen. »Was war denn los?«

»Och, nix«, antworteten die beiden wie aus einem Mund.

»Na, denn will ich man wieder. Bin hundemüde. Tschüss!« Pit nahm sein Fischpaket und machte sich auf den Weg.

»Ja, ich will auch. Tschüss, Heiner.« Mit zwei Schritten war Penny hinter Pit her. »Sag mal, hat Daniel dich inzwischen eigentlich mal angesprochen? Wenn er dir einen Strick drehen will, muss er doch irgendwann mit der Sprache rausrücken.«

»Hör mir mit dem auf! Vorhin musste ich kurz von der Baustelle in die Firma fahren. Weil ich nu ja plötzlich nich mehr schrauben, sondern nur binden sollte, fehlte mir Draht. Jedenfalls war Daniel freundlich zu mir wie lange nich.« Seine Wangen glühten vor Zorn. »Weißt du, wer bei ihm war? Verena!«

»Ach! Sie wollte bestimmt zu dir, oder?«

»Dachte ich auch. Gesagt hat sie aber nichts. Und dieser

Knilch hat sich gleich rangewanzt an sie. Pfui, was für ein schmieriger Typ!« Er spuckte den Grashalm aus, den er zwischen den Zähnen gehabt hatte.

»Ach ehrlich? Ist ja ein Ding.« Penny beobachtete ihn verstohlen von der Seite. »Ist doch kein Grund, sich zu ärgern. Ich finde, die beiden passen ziemlich gut zusammen.«

»Wieso das denn?«

»Soweit ich weiß, ist sie mindestens genauso pleite wie er.« Pit sah sie aus zusammengekniffenen Augen an. »Ja, ich habe was läuten hören, dass sie bis über beide Ohren in Schulden steckt.« Penny verzichtete darauf, die Geschichte auszuschmücken. War auch gar nicht nötig, da war sie sicher. Was sie ihren beiden Clownfischen eingetrichtert hatte, sollte reichen, um sie vor exotischen Meeresbewohnern zu beschützen.

Penny hatte alle Hände voll zu tun. Gut so. Sonst wäre sie womöglich zu Pit, Heiner und am Ende auch noch zu Verena gelaufen, um ihnen die Wahrheit zu sagen, sich zu entschuldigen und zu versichern, dass sie sich zukünftig aus sämtlichen Angelegenheiten heraushalten würde. Doch sie kam nicht dazu. Also beschloss sie, dass sie nur die Weichen gestellt hatte. Und zwar in eine gute Richtung. Welchen Weg die drei jetzt einschlugen, war ihre eigene Sache. Penny widmete sich ihrer Arbeit. Sie hatte Vorbesprechungen mit Brautpaaren. Zwei Eingetragene Lebenspartnerschaften waren vorzubereiten, außerdem musste sie sich um eine eidesstattliche Versicherung kümmern und den Sterbefall einer Dame aus Pudagla am Schmollensee beurkunden, die auf Mallorca ihr Leben ausgehaucht hatte. Sie kannte die Tochter flüchtig.

»Tut mir leid, Frau Thomsen. Ist eine schlimme Sache mit Ihrer Mutter. Mein Beileid.«

»Nach über dreißig Jahren wollte sie mal richtig Urlaub machen, sich endlich mal was gönnen. Als Vadder noch lebte und sie die Landwirtschaft noch hatten, war das nie drin. Hätte Vadder auch gar nich eingesehen. Warum Geld ausgeben für so 'nen Schnickschnack?« Frau Thomsen hatte dunkle Ringe unter den rot geriebenen Augen. Sie wirkte vollkommen ausgelaugt und irgendwie verbittert. »Na, nu is sie wohl wieder mit Vadder vereint.«

»Nicht unbedingt.« Penny wollte sie ein wenig aufmuntern. »Es heißt: Bis dass der Tod euch scheidet. Der ist ja nun eingetreten. Und der Ihres Vaters schon vor einer ganzen Weile. Ich denke, Ihre Mutter hat ihre Schuldigkeit als treue und fleißige Ehefrau getan.«

»Wie? Nee, Mudder würde das so wollen. Die beiden gehören zusammen. Auch wenn's immer gerappelt hat im Karton. Der Alte hat ihr bannig gefehlt.«

Wo die Liebe hinfällt, da wächst kein Gras mehr.

An ihrem dritten Feierabend nach dem Telefonat mit Daniel hielt Penny es nicht länger aus. Sie hoffte so sehr, dass der sich inzwischen besonnen und von seinem fiesen Vorhaben Abstand genommen hatte. Außerdem musste sie wissen, wie sich ihr Plan in Sachen Sexy-Single-Trio-Rettung entwickelte. Sie versuchte, Verena zu erreichen, doch da war immer nur die Mailbox. Um sich abzulenken, wollte Penny Holunderblüten sammeln gehen. Sie hatte mal ein Rezept für Holunderblüten gelesen, die in Teig ausgebacken werden sollten. Das klang so interessant, dass sie es längst hatte ausprobieren wollen, aber bisher war ihr immer etwas dazwischengekommen. Sie schnappte sich einen Eimer und eine Schere. Als sie gerade auf ihr Fahrrad steigen wollte, erklang die Melodie *Akropolis adieu*, die sie in einem Anflug von schwarzem Humor als Klingelton gespeichert hatte.

»Penelope Anders«, meldete sie sich.

»Hallo, Penny, hier ist Verena. Du wolltest mich sprechen?«

»O, ja, nett, dass du zurückrufst. Ich wollte mal hören, wie es so läuft.« Sie schob das Fahrrad wieder in den Schuppen, das Mobiltelefon zwischen Ohr und Schulter geklemmt. »Warst du bei Daniel?«

»Allerdings!« Das klang vielversprechend. »Er ist wirklich nett. Irgendwie nicht so ... nicht so erwachsen.«

Du triffst den Nagel auf den Kopf.

»Aber trotzdem niedlich. Penny, es ist schon fast ein bisschen unheimlich, als hätte er nur auf mich gewartet.«

»Wie soll ich das verstehen?«

»Ich bin nach Usedom gekommen, weil man mir vorhergesagt hat, dass ich hier meinen Märchenprinzen finde. Weißt du, was Daniel mir gesagt hat?«

Jetzt bin ich gespannt!

»Er hat geträumt, dass ihm eine Frau über den Weg läuft, eine, die nicht von der Insel stammt. Halt dich fest! Diese Frau ist sein Schicksal, hat er geträumt. Das passt doch perfekt zusammen, findest du nicht?«

»Doch, absolut. Wirklich ein bisschen unheimlich.«

Das läuft viel besser, als ich gedacht hätte. Fischlein Daniel hat den Köder in einem Stück verschlungen.

»Das freut mich für dich, Verena. Ehrlich!«

»Wir haben uns schon zweimal getroffen. Daniel hat mir beim zweiten Mal Rosen mitgebracht. Ich glaube, er ist sehr romantisch. Danke noch mal, dass du mir das Date mit ihm vermittelt hast. Und danke, dass du mir über Pit und Heiner reinen Wein eingeschenkt hast. Die beiden verhalten sich in letzter Zeit ganz komisch. Ich glaube, ich wollte so sehr, dass die Prophezeiung Wirklichkeit wird, dass ich jeden süß gefunden hätte. Aber wie es aussieht, mag mich weder Pit noch Heiner besonders gerne. Schade, aber so ist es.«

»Ach, die können dich schon irgendwie leiden. Glaube ich. Aber wie es aussieht, ist keiner der beiden der Richtige für dich. Hauptsache, du findest deinen Traummann. Ist doch keine schlechte Quote: Du musstest nur drei Frösche küssen, um einen Prinzen zu erwischen.«

»Ja, stimmt. Ich hoffe, er ist es wirklich.« Pause. Penny wollte sich schon verabschieden, da sagte Verena leise: »Trotzdem schade, dass Pit und Heiner erst so nett waren und jetzt so komisch sind. Wir hatten doch viel Spaß zusammen. Ich hatte gehofft, wir können noch etwas zusammen machen, etwas besichtigen vielleicht oder noch mal einen Drachen steigen lassen. Zu viert oder sogar zu fünft. Weißt du, ich bin irgendwie noch nicht ganz sicher …«

»Wie lange bleibst du noch auf Usedom?«

»Übermorgen reise ich ab. Können wir wenigstens noch etwas unternehmen?«

»Das ist schwierig. Ich arbeite morgen lange, und abends bin ich schon verabredet.«

»Schade.« Kein Flipper-Lachen, nur leise Enttäuschung.

»Du kommst doch bestimmt bald wieder. Ich meine, du wirst Daniel ja wohl kaum vom Haken lassen.« Sie lachte, doch es klang irgendwie schräg. »Dann müssen wir uns unbedingt sehen, okay?«

Am nächsten Abend hatte Penny tatsächlich eine Verabredung. Davon hatte sie allerdings noch nichts gewusst, als sie es Verena gegenüber behauptet hatte. Als es um kurz nach acht an ihrer Tür klingelte, hatte sie keine Ahnung, wer etwas von ihr wollte. Sie trug eine kurze Hose, die für den Garten oder für Sport gerade noch gut genug war, ganz sicher jedoch nicht, um Besuch zu empfangen. Dazu hatte sie ein Shirt an, das auch schon bessere Tage gesehen hatte. Eine Sekunde überlegte sie, ob sie einfach nicht öffnen sollte.

Blödsinn. Wer um diese Zeit unangekündigt kommt, muss damit rechnen, dass ich nicht im kleinen Schwarzen erscheine.

»Ihr seid das!« Pit und Heiner standen vor ihr. Pit hatte keinen Grashalm im Mund, Heiner hatte die Hände in die Hüfte gestützt, statt sie in den Hosentaschen zu vergraben. Das gefiel ihr nicht, das gefiel ihr ganz und gar nicht. »Waren wir verabredet?« Hatte sie das etwa vergessen?

»Nö, wir kommen trotzdem rein.« Pit guckte ausgesprochen grimmig drein. Er stampfte an ihr vorbei, ohne dass sie ihn hereingebeten hätte. Heiner hatte die Lippen zusammengepresst und folgte ihm wortlos.

»Ja, gerne«, erwiderte sie unsicher. »Möchtet ihr etwas trinken?«

»Wir möchten Antworten«, erklärte Pit sehr bestimmt. »Daniel hat mich heute angesprochen.«

»Aha.«

»Er hätte sich da etwas überlegt. Sein Kumpel hätte ihn schlecht beraten, weshalb er keine Kohle mehr hätte. Aber er meinte, wenn ich ihm helfe, dann könnten wir gemeinsam eine Klippe umschiffen. Das hätte ich doch schon öfter gemacht.« Heiner zog die Augenbrauen hoch, sagte aber noch immer nichts. »Ich hab mir gleich gedacht, dass das nich auf seinem eigenen Mist gewachsen ist.« Pennys Mund wurde trocken. »Ich verstehe nicht ganz.«

»Hab ich auch gesagt. Da meinte er, ich könnte doch prima meine Kontakte spielen lassen und Reet von vertrauenswürdigen Händlern besorgen. Aus alter Freundschaft wären die bestimmt bereit, auf ihr Geld zu warten, bis wir wieder flüssig sind.«

»Das hört sich in meinen Ohren ganz vernünftig an. Ist auf jeden Fall besser, als wenn er dir seine falschen Entscheidungen in die Schuhe schieben will.«

»Sehe ich genauso.«

Warum machst du dann so ein Gesicht? Da stimmt doch was nicht.

»Tja, dann ist ja alles paletti.« Penny wusste nicht, ob sie lächeln durfte oder es lieber lassen sollte. So zog sie eine merkwürdige Grimasse.

»Nee, Penny, isses nich. Ich hab ihn gefragt, wie er nu plötzlich auf diesen Dampfer kommt. Erst hat er rumgedruckst, aber denn hab ich ihn in die Mangel genommen. Da hat er geplaudert.«

»Pit wird noch zum Mafioso«, sagte sie und warf Heiner einen Blick zu, der geradezu um Hilfe flehte. Heiner verzog jedoch keine Miene.

»Daniel meinte, er hätte versucht, Verena anzubaggern, weil die doch so viel Kohle hätte. Er dachte, mit ihrem Geld könnte er die Firma retten. Und er musste unbedingt verhindern, dass ich mit ihr etwas hätte, weil ich dann nämlich den besseren Anwalt bezahlen könnte und er in einem Rechtsstreit den Kürzeren ziehen würde. Und nun rate mal, wer ihm das gesteckt hat!«

»Du kennst doch Daniel«, verteidigte Penny sich eine Spur zu heftig. »Der hat sicher etwas falsch verstanden. Ja, ich habe mit ihm gesprochen. Ich habe ihm gesagt, was ich gehört habe und dass er es nicht wagen soll, dich über den Tisch zu ziehen. Dass er dann Stress mit mir kriegt, habe ich gesagt.« Das stimmte alles. Immerhin.

»Du hast gesagt, dass Verena stinkreich ist. Wieso? Mir hast du erzählt, sie habe Schulden bis unter die Haarwurzeln.«

»Das habe ich so nicht gesagt, nicht wortwörtlich.«

Ich wollte doch nur helfen!

»Und was hast du Verena von mir erzählt?« Endlich meldete sich Heiner zu Wort.

O nein, das nicht auch noch. Selbst schuld, Penny, Lügen haben kurze Beine. So dämlich, wie du dich angestellt hast, kleben die Füße deiner Lügen direkt an den Hüften.

»Sie hat mich angerufen und mich gefragt, ob ich ihr meine Schlange zeigen würde.« Er bekam rote Wangen. »Ich dachte erst, das sei irgendwie schlüpfrig gemeint. Jedenfalls fing sie an zu weinen. Es täte ihr so leid, dass sie nicht ganz ehrlich zu mir gewesen sei, zu uns beiden.« Er sah zu Pit rüber, der Penny nicht aus den Augen ließ. »Sie habe sich dir anvertraut und dich um Hilfe gebeten, weil sie sich nicht entscheiden konnte. Aber nun hätte ihr Herz entschieden, und sie würde mich auch mit Viehzeug nehmen. Ich habe nicht ein Wort verstanden. Das hab ich ihr gesagt, da hat sie aufgelegt.«

»Du bist uns eine Erklärung schuldig, Penny.«

»Ich? Solltet ihr nicht Verena fragen, wenn sie wirres Zeug redet und behauptet, nicht ehrlich zu euch gewesen zu sein?«

»Penny!« Das kam wie aus einem Mund, noch dazu in einem besorgniserregend grimmigen Ton.

»Ist ja schon gut. Jetzt setzt euch erst mal hin, und dann reden wir in Ruhe.« Sie überlegte kurz, ob sie auch in Tränen ausbrechen sollte, wie Verena, um den Männern wenigstens etwas Wind aus den Segeln zu nehmen. Es würde nicht funktionieren, auch wenn ihr tatsächlich zum Heulen war. Penny stellte eine Karaffe Wasser auf den Tisch, dazu eine Flasche Pfirsichsaft und eine Flasche Kräuterschnaps. »Bier ist im Kühlschrank«, sagte sie, während sie diverse Gläser aus dem Schrank holte. Die Männer rührten sich nicht. Sie schenkte sich Wasser ein. »Wo soll ich anfangen?«

»Hübsch der Reihe nach. Was ist nun mit Verenas Finanzen? Ist sie reich oder pleite?« Pit legte den Kopf schief. Penny atmete tief ein. »Keine Ahnung. Ehrlich, ich weiß es nicht.

Es spielt auch keine Rolle.« Sie drehte ihr Glas in den Händen und betrachtete die Lichtreflexe, die vom Wasser auf die Tischplatte geworfen wurden. »Ich hatte einfach Angst«, gestand sie leise. »Ich kenne dich kaum wieder, Pit. Als du in deiner Scheidungsphase gesteckt hast, da hat man schon gemerkt, dass dich das alles belastet. Trotzdem hast du deinen Humor nicht verloren. Du hast dich sogar mit Daniel als Chef arrangiert. Weil du die Zügel in der Hand behalten hast, lief der Laden. Du warst nicht gerade begeistert, für deinen stoffeligen Exazubi zu arbeiten, aber es war ganz okay.«

»Komm auf den Punkt!« Pit funkelte sie ungeduldig an.

»Seit Daniel sich von diesem Justin verrückt machen lässt, bist du wie ausgewechselt. Du lachst kaum noch, grübelst ständig.« Sie lächelte. »Vom Drachensteigen neulich mal abgesehen. Da hattest du richtig Spaß. Aber sonst?«

»Da hat sie recht«, stimmte Heiner zu.

»Was hat das mit Verenas Finanzen zu tun?«

»Nichts, jedenfalls nicht direkt. Ich wollte doch nur erklären ...« Sie seufzte tief und nahm einen Schluck Wasser. »Ich hatte den Eindruck, dass du sie ganz interessant findest. Verena, meine ich.« Sie sah seinen ungeduldigen Blick. »Auf jeden Fall war ich entsetzt, dass du es einfach so hinnehmen wolltest, was Daniel und Justin ausgeheckt haben. Du gehörst hierher, nach Usedom«, sagte sie und sah ihm in die Augen. »Aber plötzlich war die Rede davon, dass du auf dem Festland Arbeit finden könntest. In Berlin! Du hast dir Hoffnungen gemacht, etwas mit Verena anzufangen.«

»Was?« Heiner riss die Augen auf.

»So 'n Blödsinn!«

»Ach ja? Und warum dann ausgerechnet Berlin?« Penny sah ihn böse an.

»Ich hab auch von Brandenburg gesprochen.«

»Das liegt direkt nebenan«, wandte Heiner ein.

»Genauso gut hätte ich sagen können, ich gehe in die Heide. Da gibt es auch einige Reetdachdeckereien. Herrgott, was wollt ihr denn von mir?«

Eine Weile war es ruhig in der Wohnküche. Nur die alte Pendeluhr, die Penny von ihrer Großmutter geerbt hatte, tickte in vertrautem Rhythmus. »Außerdem«, nahm Pit den Faden wieder auf, »ist es doch wohl meine Sache, ob ich wegziehe oder nicht, ob ich etwas mit Verena anfange oder nicht.«

»Nö«, kam es zweistimmig zurück.

»Spinnt ihr?« Pit sah von einem zum anderen. Langsam verzog sich sein Mund zu einem breiten Grinsen. »Ihr seht aus wie zwei bockige Kinder, die genau wissen, dass sie Mist gebaut haben. Aber man bloß nix zugeben!«

Heiner zog nur kurz die Augenbrauen hoch, doch Penny war unsagbar erleichtert über den Anflug von Humor. Sie strahlte Pit an.

»Natürlich ist es deine Sache, was du tust«, lenkte sie ein. »Nur war ich eben sicher, dass du ohne deine Insel eingehst wie ein Fisch auf dem Trockenen, Pit Luhrow. Ich habe mir Sorgen gemacht. Außerdem bist du unser Freund. Du hättest uns gefehlt.«

Seine grauen Augen betrachteten sie lange und sehr ernst. Sie versank beinahe in diesem Blick und vergaß, was sie noch hatte sagen wollen.

Pit brachte sie auf den Boden der Tatsachen zurück: »Erklärst du mir jetzt vielleicht mal den Zusammenhang mit Verena und deinen wilden Geschichten über sie?«

»Ich wollte einfach nur, dass du einen großen Bogen um sie machst. Ich dachte, wenn ich dir erzähle, dass sie Schulden hat, lässt du die Finger von ihr. Das kannst du doch nun wirklich nicht brauchen.«

»Stimmt allerdings. Aber denkst du ernsthaft, ich würde

den Kontakt zu ihr nur deshalb abbrechen, obwohl ich sie von Herzen gern habe?«

Hast du das etwa? Hast du sie von Herzen gern? Penny schluckte.

»Denn hast du Daniel erzählt, sie sei steinreich, damit er sich ihr an den Hals wirft, oder wie?« Heiner runzelte die Stirn.

»Eigentlich habe ich das nur gesagt, um ihm einen Schreck einzujagen. Er war der Meinung, dass derjenige den Rechtsstreit gewinnt, der sich den besseren Anwalt leisten kann. Er meinte, im Gegensatz zu dir, Pit, hätte er wenigstens noch ein bisschen Geld. Da habe ich eben erzählt, dass du und Verena … na ja, dass es so aussieht, als würde sich da etwas anbahnen. Und da sie so unglaublich reich ist und dich natürlich unterstützen würde, hättest du die besseren Karten. Ich wollte doch nur, dass er diesen dämlichen Plan aufgibt, dich für seine Blödheit bluten zu lassen.«

»Dass Daniel sich gleich an die reiche Braut ranschmeißt, hast du natürlich gar nicht gehofft!« Pits Stimme triefte vor Ironie.

»Ich habe das nicht geplant, aber klar passte es mir gut in den Kram«, flüsterte sie mit gesenktem Kopf.

»Mann, Penny, wat war denn blots in deinem Kopp los?« Heiner rollte verständnislos mit den Augen. »Bist doch sonst 'ne ganz plietsche Deern.« Er grinste schwach. »Aber gut gemeint war's wohl, Pit. Auch wenn sie sich paddelig angestellt hat.«

Gott sei Dank, Heiner ist nicht mehr böse!

Pit brummte unverständlich und verschränkte die Arme vor der Brust.

»So, und nu mal Butter bei die Fische. Was is dat für 'ne Geschichte mit 'ner Schlange?« Penny hatte gehofft, dass Heiner mit einem großen Schwamm über alles wischte, wie er es sonst gerne tat, und vorschlug, Verena reinen Wein einzuschenken. Damit hätte der ganze leidige Fall ein für alle Mal erledigt sein können. Nur sah es dummerweise nicht danach aus. Es nützte nichts, sie musste auch die restlichen Karten auf den Tisch legen.

»Ich weiß, ich hatte kein Recht dazu«, begann sie zögerlich. Dann griff sie eilig zur Flasche und schenkte, ohne zu fragen, drei Gläser Schnaps ein. »Den können wir jetzt alle gebrauchen. Ist nur ein kleiner.« Sie nahm ihren ganzen Mut zusammen. Heiner würde sie schon nicht umbringen. Er würde verstehen, dass auch diese Lüge gut gemeint gewesen war. »Mann, Heiner, du hast mit einem Mal von Kindern gesprochen.« Pit zog überrascht die Augenbrauen hoch. »Davon, dass das mit uns drei doch eher eine Notlösung sei und es schön wäre, eine Familie zu gründen. Nur seid ihr beide meine Familie«, rief sie verzweifelt. »Von wegen: Alles hat seine Zeit. Die Zeit mit euch darf einfach nicht aufhören.« Keiner der beiden zeigte auch nur ein Anzeichen von Verständnis oder Rührung. »Verena ist keine Journalistin. Jedenfalls nicht so, wie man sich das vorstellt und sie es uns vorgemacht hat. Sie schreibt Horoskope für den Berliner Anzeiger und versucht, auf freiberuflicher Basis zusätzlich die eine oder andere Reportage unterzubringen. Mit mäßigem Erfolg.«

»Wär doch 'ne gute Reportage, wenn sie über altes Handwerk auf Usedom schreiben würde. Ich kann mir vorstellen, dass die Redaktion das auch so sieht. Mir isses egal, ob sie fest angestellt ist oder nicht.« Heiner sah sehr entschlossen aus. »Ich find's klasse, wenn die von selbst auf solche Themen kommt und sich um alles kümmert.«

»So ist es aber nicht. Die Reportage war nur ein Vorwand. Ja, da staunt ihr. Es kommt noch besser: Sie war in Berlin bei einer Wahrsagerin. Die hat ihr prophezeit, sie würde auf

Usedom den Mann ihres Lebens finden. Er sei Handwerker und um den Erhalt alter Traditionen bemüht. So ungefähr. Prost!« Penny kippte den Schnaps herunter und verzog das Gesicht.

»Sie war bei einer Wahrsagerin und hat das Geschwätz für bare Münze genommen?« Pit fuhr sich durch die blonden Haare. Mit einem Mal brach er in schallendes Gelächter aus.

»Was is daran lustig?« Heiner verzog keine Miene. »Sah doch aus, als hätte diese Magie-Trine recht haben können.«

»Die Sorge hatte ich auch«, gestand Penny. »Deswegen war mein Plan, Verenas Begeisterung für euch zu bremsen. Sie fand euch beide so süß«, sagte sie und ahmte Verenas Tonfall nach. »Ich sollte ihr helfen, sich zu entscheiden. Sie wollte von mir wissen, wer von euch wohl mehr Interesse an ihr hätte. Von mir! Das ist doch absurd.«

»Sie hat dir vertraut«, meinte Pit.

»Versteht ihr denn nicht? Ich hatte Panik, dass sie mir einen von euch wegnimmt. Dann wäre unser Trio auseinandergebrochen. Nur sexy Single wollte ich einfach nicht. Das wär nämlich gar nicht sexy.« Jetzt musste sie wirklich gegen die Tränen kämpfen.

»Was hast du ihr über mich erzählt?«, wollte Heiner wissen.

»Dass du Schlangen zu Hause hast. Und Spinnen. Ich habe gesagt, du wärst nur mit deinen Haustieren zu haben. Die meisten Frauen gruseln sich mindestens vor einem von beiden. Ich bin auf Nummer sicher gegangen.«

Wieder platzte Pit geradezu vor Lachen. Heiner dagegen starrte sie so böse an, wie sie ihn noch nie gesehen hatte. Seine Gesichtsfarbe veränderte sich, bis seine Wangen schließlich rot leuchteten. Die Stille im Raum war gespenstisch. Nur das Ticken der Uhr und das mühsam kontrollierte Atmen dreier aufgeregter Menschen waren noch zu hören.

In der nächsten Sekunde krachte Heiners Faust auf den Tisch, er sprang auf. Gläser und Flaschen klirrten, ein Glas kippte um, grüner Schnaps ergoss sich über das Holz. Penny war zusammengefahren. Sie sah erschrocken zu ihm auf.

Das war's, das wird er dir nie verzeihen.

»Ich kann Verena sehr gut leiden, mehr als das. Du wolltest mir weismachen, sie hat sich in einen anderen verguckt. Nee, Penny, du hast ihr nicht nur Bären aufgebunden, damit sie sich von uns fernhält, du hast uns auch noch angelogen, damit wir nix mehr mit ihr zu kriegen haben wollen. Pfui, Teufel.« Seine Stimme war ganz heiser geworden. »Wir waren Freunde, Penny. Da macht man so was nicht. Da is man ehrlich zueinander. Ich hab dir gesagt, dass ich die Verena leiden mag. Das hättest du ihr sagen müssen.«

»Wenn sie dich angerufen hat, wenn sie dich trotz des Viehzeugs nehmen würde, wie sie sagte, dann ist mein Plan nicht aufgegangen, dann kann doch noch alles gut werden«, stammelte sie. »Du brauchst sie bloß anzurufen und ihr zu sagen, dass du jetzt verstehst, was sie gemeint hat. Du erklärst ihr, dass ich an allem schuld bin.«

»Nee, Penny, das machst du schön selber. Du bringst das in Ordnung. Alles! Und denn will ich nix mehr mit dir zu tun haben.« Er schob wütend den Stuhl beiseite, der ihm im Weg stand, und verließ die Wohnküche.

»Heiner!« Penny sprang auf, Pit packte ihr Handgelenk. Da hörte sie, wie die Haustür krachend ins Schloss fiel.

Komm zurück, Heiner, bitte! Es tut mir leid. Es tut mir so entsetzlich leid! Pennys innere Stimme überschlug sich, schrie all die Worte heraus, die Erklärungen, die Heiner vielleicht hätten besänftigen können, die er sich womöglich gewünscht hätte. Doch keine einzige Silbe schaffte es über ihre Lippen. Penny kam sich vor wie eine Komapatientin, die alles um sich herum hören und sehen, sich aber nicht rühren konnte. Die Pendeluhr tickte, draußen löste sich das letzte Licht des Tages auf. Es roch nach Kräutern, und der Raum mit seinen alten Holzbalken an der Decke, die Möbel, die unzähligen Pflanzen wirkten erstaunlicherweise trotz allem anheimelnd und gemütlich. Sie beobachtete, wie Pit den Schnaps wegwischte. Dann griff er in eine seiner ausgebeulten Hosentaschen, zog ein Taschentuch heraus, strich es mit einer hilflosen Geste glatt und hielt es ihr hin.

»Nu hör mal auf zu weinen. Der beruhigt sich schon wieder. Heiner ist nicht nachtragend. Wenn du das in Ordnung bringst, dann wird er auch wieder an diesem Tisch hocken und sich das Essen einverleiben, das du gekocht hast.«

»Meinst du?« Penny hatte gar nicht gemerkt, dass ihr die Tränen in Sturzbächen über die Wangen gelaufen waren. Auch das Schluchzen in ihrer Stimme überraschte sie ein wenig. Sie putzte sich mit lautem Schnauben die Nase. »Darauf trinken wir«, flüsterte sie und stürzte einen der beiden Schnäpse herunter, die noch immer unberührt auf dem Tisch standen, ohne auf Pit zu warten.

»Prost«, sagte er, sah sie ernst an und griff nach dem letzten Schnapsglas. »Ehrlich, ich kapier auch nicht, was in dich gefahren ist«, meinte er, als er es in einem Zug geleert hatte. »Dass du Daniel 'n büschen Feuer unterm Hintern gemacht hast, ist ja okay. Du dachtest, ich lasse mich wie ein Schaf zur Schlachtbank führen, und wolltest das verhindern. Ist nett von dir.«

»Ich hab's nur gut gemeint. Ja, ich weiß, was du sagen willst«, sprach sie hastig weiter, ehe er sie unterbrechen konnte. »Ich kann diesen Satz auch nicht leiden. Ich habe mich eingemischt. Das tut man nicht. Weder unter Freunden noch sonst irgendwie.« Sie wartete, ohne zu wissen, worauf. »Und jetzt?«, fragte sie schließlich.

»Jetzt machst du genau das, was Heiner von dir verlangt hat. Du musst die Sache in Ordnung bringen, da beißt kein Hering die Angelschnur ab. Mann, Penny, du bist zu weit gegangen, viel zu weit. Ehrlich, ich bin enttäuscht von dir.« Er stand auf. »Sieh zu, dass du das geradebiegst. Danach sprechen wir uns wieder.« Damit verschwand auch er grußlos.

»Wenigstens du bleibst hier. Ob du willst oder nicht«, sagte sie zur Schnapsflasche, nachdem sie das zweite Mal an diesem Abend gehört hatte, wie die Haustür ins Schloss fiel.

Kapitel 5

Als Penny am nächsten Morgen erwachte, war sie nicht sicher, weshalb ihr Schädel so beharrlich brummte. Sie rief im Rathaus an, stammelte etwas von Sommergrippe und Kopfschmerzen. Das könne nur am Wonnemonat mit I liegen. Die Sekretärin war hörbar verwirrt und meinte, sie solle sich bloß anständig auskurieren. Penny verzichtete auf ein Frühstück, sie trank nicht einmal eine Tasse Tee, ein ganz schlechtes Zeichen. Einen Blick in die Wohnküche ersparte sie sich. Sie wollte gar nicht wissen, in welchem Zustand sie Tisch und Schnapsflasche zurückgelassen hatte. Es gab in ihrem Kopf nur noch einen Gedanken, ein Interesse: ohne jegliche Verzögerung zu der Pension in Heringsdorf kommen, in der Verena bis heute ihren Urlaub verbracht hatte. Penny musste sie vor ihrer Abreise erwischen, sonst würde alles nur noch komplizierter werden. Es war ein warmer freundlicher Frühsommertag.

Verena ist eine Romantikerin. Sie ist eine, die sich vom Strand verabschiedet und von jeder Möwe einzeln. Sie gehört nicht zu der Kategorie, die nach einem schnellen Frühstück ganz schnell aufbricht. Du bist früh dran, du kriegst sie. Penny ignorierte die kahlen Stängel ihrer Rosen, ein sicherer Hinweis darauf, dass in der Nacht mal wieder ein paar hungrige Rehe zu Besuch gewesen waren. Normalerweise hätte sie den Schaden schimpfend begutachtet, doch dafür war jetzt keine Zeit. Sie steckte den Schlüssel in das Schloss ihres Käfers. Das war es zumindest, was sie tun wollte. Doch ihre Bewegung war fahrig gewesen. Sie rutschte ab, der Schlüssel fiel ihr aus der Hand, wirbelte durch die Luft. Sie versuchte, ihn zu fangen, berührte ihn, wodurch sie ihm nur neuen Schwung verlieh und ihn mit Schmackes in den Ginster beförderte, der gerade in gelber Blütenpracht stand. Der Anhänger, eine Nachbildung des Peloponnes mit seinen Zacken, den ihre Mutter ihr zum achtzehnten Geburtstag geschenkt hatte, verfing sich in den feinen Ästen.

»Verdammt!« Penny reckte sich auf die Zehenspitzen. Sie konnte die silber glänzende griechische Halbinsel berühren, greifen konnte sie sie nicht.

Wenn du es eilig hast, mach langsam! Du weißt genau, dass Hektik bei Zeitdruck keine gute Taktik ist. Wann wirst du dich endlich daran halten?

Es hatte keinen Sinn, sich jetzt darüber zu ärgern. Sie hatte hektisch mit dem Schlüssel herumgefuchtelt, das Ergebnis hing im Ginster. Würde sie eben die Abkürzung nehmen müssen, damit machte sie ein paar Minuten gut. Penny holte mit beiden Armen Schwung und hüpfte hoch. Beim zweiten Versuch gelang es ihr, den Peloponnes zu Fall zu bringen. Mit leisem Klirren landete der Schlüssel vor ihren Füßen. Sie schloss ihren Käfer auf, schnallte sich bedächtig an und steckte den Schlüssel konzentriert ins Zündschloss. Sobald sie das leicht scheppernde Brummen hörte, haute sie den Gang rein und gab Gas.

Sie würde nur ein kurzes Stück auf der Landstraße Richtung Ahlbeck fahren. Nach wenigen hundert Metern führte ein Sandweg diagonal durch den Wald nach Nordwesten. Man kam dort nicht sehr schnell voran, sparte aber einige

Kilometer und – noch wichtiger – mied die zu dieser Jahreszeit schon oft verstopften Straßen von Ahlbeck.

Es geht doch nichts über gute Ortskenntnis. Penny hoffte, dass sie nicht erwischt wurde, denn sie würde auch ein kurzes Stück auf einem Privatweg fahren müssen. Sie wollte sich darüber keine Gedanken machen, sondern sich lieber mental auf das Gespräch mit Verena vorbereiten. Sollte sie ihr von dem Besuch der Männer am Vorabend erzählen oder es lieber so aussehen lassen, als wollte sie aus freien Stücken reinen Tisch machen?

Ist ja komisch. Sieht gar nicht windig aus draußen. Die Bäume sind relativ ruhig. Wieso eiert der Wagen so rum? Der fühlt sich total schwammig an. Penny hatte immer mehr Mühe, das Auto in der Spur zu halten. Sie kam sich vor, als wäre sie auf hoher See, und ahnte Böses. Ob es ihr passte oder nicht, sie musste der Ursache auf den Grund gehen. Eine Minute später war die Sache klar: Der linke Hinterreifen war platt. Ihr fiel die zerdepperte Sektflasche ein, die neulich den Parkplatz vor dem Rathaus in ein glitzerndes Scherbenmeer verwandelt hatte. Hätte sie nur einen Besen geholt und die Glassplitter beseitigt! Zu spät.

»So ein Mist!« Sie blickte auf ihre Uhr. Kein Grund zur Aufregung, es war noch nicht einmal halb neun. Sie hatte bestimmt noch Zeit. Penny öffnete die Haube des Käfers, schnappte sich den Wagenheber, steckte ihn in die seitliche Aufnahme und die Hebestange in die Buchse. Bevor sie zu pumpen begann, um das Auto seitlich anzuheben, musste sie die Radmuttern lösen. Eine halbe Umdrehung, erst dann pumpen, das wusste sie. Dummerweise rührten sich die Muttern kein bisschen. Sie zerrte an dem Kreuzschlüssel.

Festgerostet, war ja klar.

Rostlöser hatte sie nicht dabei. Noch ein Versuch. Es konnte doch gar nicht sein. So lange war es schließlich nicht her, dass sie von Winter- auf Sommerreifen umgerüstet hatte. Mit einem Ruck gaben die Muttern nach. Penny lief bereits der Schweiß über die Schläfen und den Rücken. Egal, die Hauptsache, sie hatte es geschafft. Routiniert pumpte sie endlich den Wagenheber, bis der Käfer die gewünschte Position erreicht hatte. Sie drehte die Radmuttern vollständig ab, montierte das Ersatzrad. Muttern wieder anschrauben, Wagen herunterlassen, Muttern festziehen, alles verstauen und los. Sie war guter Dinge. Glücklicherweise hatte sie den Wechsel schnell erledigt. Penny würde rechtzeitig an der Pension eintreffen. Daran hatte sie keinen Zweifel. Zuversichtlich legte sie den Gang ein und lenkte den Wagen auf den Waldweg.

Ja, das fühlt sich wieder gut an. Bist doch mein Bester. Rollst wie auf Schienen. Penny trat mit ganzer Kraft auf das Bremspedal. Ein Reh stand mitten auf dem schmalen Pfad. Es starrte sie mit seinen braunen großen Augen genauso erschrocken an, wie Penny das Tier anstarrte. Wie zur Skulptur versteinert stand es da.

»Könntest du bitte zur Seite gehen?« Sie fuchtelte mit den Händen hinter der Scheibe herum und ließ sie schließlich frustriert auf das Lenkrad fallen. Hupen könnte helfen. Sie tickte die Hupe vorsichtig an. Das hübsche Kerlchen sollte sich ja nicht gleich zu Tode erschrecken. Wäre schade drum, außerdem hätte sie ein Problem, wenn das ausgewachsene Vieh sich entschied, mitten auf dem Weg zu verenden. Das Hupen hatte Erfolg. Das Reh setzte sich in Bewegung. Erstaunlich langsam. Ein Bein, dann das nächste Bein, dann wieder ein Schritt. Dann … blieb es stehen.

»Och nö, jetzt mach schon! Ich war nett zu dir und habe dich nicht mit meiner Hupe vom Weg gepustet, jetzt sei du bitte nett zu mir und lass mich durch!«

Das Wildtier richtete seine großen Ohren wie zwei Radarschirme aus, wodurch Penny freien Blick auf die weißen Fellpuschel darin bekam. Bambi hatte es sich anscheinend überlegt und drehte sich um. Es machte einige Schritte auf die Bäume am anderen Straßenrand zu. Penny gab behutsam Gas, der Käfer rollte in Zeitlupe los. Das würde reichen, um dem Tier Beine zu machen. Dachte sie. Es schien ein ziemlich unentschlossenes Exemplar zu sein. Wieder blieb es stehen, hob den Kopf und ging nun sogar rückwärts. Eindeutig, mit dem Paarhufer stimmte etwas nicht. Entweder war er geistig verwirrt, oder er hatte eine richtig heiße Party hinter sich, was manchmal auf das Gleiche herauskam.

»Es reicht«, rief sie. »Hau die Hufe in den Sand, oder du landest in meinem Backofen. Du gibst bestimmt ein super Versöhnungsessen ab!« Penny holte aus, um mit Karacho auf die Hupe zu schlagen. Das war nicht mehr nötig. Das Reh trottete davon, ohne sie eines weiteren Blickes zu würdigen. Gemächlich verschwand es zwischen den Buchen. Konnte es jetzt bitte ohne weitere Hindernisse nach Heringsdorf gehen? Sie wischte sich mit dem Handrücken über die Stirn und lenkte ihren Wagen quer über die Schleichwege. Weder stürzte ihr ein Baum direkt vor die Vorderreifen, noch blieb sie in einem Schlagloch hängen, wie sie schon befürchtet hatte. Sie erreichte den Wiesenweg, konnte mehr Gas geben und bog ungehindert in die Neuhofer Straße ein. Endlich ging es problemlos voran!

Einen Wimpernschlag später musste sie eine Vollbremsung hinlegen. Eine Kindergartengruppe überquerte die Straße. Die Betreuerinnen hatten sich mit ihren neongelben Warnwesten mitten auf die Fahrbahn gestellt. Sie baten Penny und einen Autofahrer auf der Gegenseite mittels Blickkontakt um Verständnis. War doch wohl Ehrensache. Es dauerte ja auch nicht lange, bis die kleinen Racker sicher auf der anderen Seite angekommen waren. Wenn nicht ein Junge genau auf dem Mittelstreifen gestolpert wäre. Er blieb liegen und begann aus Leibeskräften zu schreien.

Den hätte ich gut für das Reh gebrauchen können. Penny seufzte. Als sie sah, wie die Kinder, die die Straße bereits überquert hatten, stehen blieben und sich teilweise auf den Weg zu dem Jungen machten, schloss sie entnervt die Augen. Was fand Heiner an Kindern bloß so schön? Sie beschloss, langsam bis zwanzig zu zählen, um einigermaßen die Ruhe zu bewahren. Bei achtzehn hupte es hinter ihr. Die Straße war frei. Penny hob entschuldigend die Hand und fuhr weiter.

Die Pension lag in der Badstraße. Keine Chance, dort einen Parkplatz zu finden. Sie traute ihren Augen nicht. Da war eine Parklücke. Es gab kein Halteverbot, keine Ausfahrt, nichts, was ihr dieses freie Plätzchen vermiesen konnte. Sie ließ ein Taxi passieren und schlug das Lenkrad ein. Ihr Käfer glitt wie von allein in die Lücke. Perfekt! Penny warf die Tür hinter sich zu, sprang die zwei Stufen in einem Satz hinauf und erreichte die Rezeption, als die Standuhr exakt halb zehn anzeigte. So lange hatte sie für diese Strecke noch nie gebraucht. Aber das machte nichts. Kein Mensch verließ vor zehn Uhr sein Hotel.

»Zu der Frau May wollen Sie?« Die Pensionswirtin sah Penny mitleidig an. »Die ist gerade mit dem Taxi weg. Sie müssten die Rücklichter eigentlich noch sehen können.«

Das Taxi! Warum hatte sie nicht wenigstens einen Blick hineingeworfen? Der schöne Parkplatz war für die Katz. Sie hätte dem Taxi folgen sollen. Das sah man doch in jedem amerikanischen Film, egal, ob es eine Komödie, ein Drama oder ein Actionstreifen war.

»Ach, das war eine nette Person«, erklärte die Wirtin seufzend. »So freundlich und bescheiden.«

»Wo bringt das Taxi sie denn hin? Zum Bahnhof, nehme ich an?«

Die Frau blickte versonnen vor sich hin. »Sie sah so traurig aus, als sie abgefahren ist, als hätte sie darauf gewartet, dass im letzten Augenblick ein kleines Wunder passiert«, sagte sie nachdenklich. »Wissen Sie, wie in *Pretty Woman*, wo der Richard Gere in allerletzter Sekunde mit dem Auto kommt, als die Julia Roberts schon das Appartement verlassen will. Sie hätte ein neues Leben angefangen, und er hätte keine Chance gehabt, sie je wieder ausfindig zu machen. Aber er kommt noch rechtzeitig und klettert sogar die Feuerleiter für sie hoch. Obwohl er Höhenangst hat«, hauchte sie mit verklärter Miene.

»Das ist ein Film. Im wirklichen Leben hätte er sie knapp verpasst, oder er hätte darauf bestanden, dass sie zu ihm herunterkommt. Sie hätte gesagt, wenn er sie wirklich lieben würde, würde er seine Höhenangst überwinden, und schon hätte es den schönsten Streit gegeben. Das echte Leben ist nicht Hollywood.«

»Frau May hat das anders gesehen. Sie hat immer gesagt, sie ist ganz sicher, dass die Insel ihr Glück bringt. Das spüre ich deutlich, hat sie gesagt. Tja, war wohl nix. Schade für die Deern.«

»Willkommen im richtigen Leben, würde ich sagen.« Penny atmete einmal durch. »Andererseits hatte sie womöglich recht, an Schicksal und die große Liebe zu glauben. Wenn Richard Gere schon nicht selbst erscheint, muss ich eben nachhelfen.«

»Können Sie das denn?« Die Wirtin sah sie mit großen Augen an.

»Ja, ich glaube, das kann ich.« Penny strahlte. »Zum Bahnhof?«

»Bahnhof!« Die Frau nickte. Penny rannte los. »Viel

Glück«, hörte sie hinter sich und saß im nächsten Moment im Auto.

Am Bahnhof gab es keinen freien Parkplatz. Es war ihr egal. Sie stellte den Wagen auf dem Bürgersteig ab. Das würde teuer werden. Gut angelegtes Geld, fand sie und stürmte in das rote Backsteingebäude.

Bitte, Verena, du hast dich sehr rechtzeitig herbringen lassen, oder? Tu mir den Gefallen, eine Menge Zeit eingeplant zu haben, bis dein Zug fährt. Ich meine, du hast hier Urlaub gemacht, du willst doch wohl noch in Ruhe Proviant kaufen oder eine Zeitschrift.

Sie entdeckte das pink bemalte Gesicht mit der überdimensionalen Sonnenbrille tatsächlich an einem Zeitschriftenständer des Kiosks. Verena nahm gerade ein Heft zur Hand. »Wellnesshoroskop« und »Ihre Zukunft – detailreich und privat« konnte Penny lesen.

»Verena, ich bin so froh, dass du noch nicht weg bist«, brachte sie atemlos hervor.

»Penny, das ist eine Überraschung.«

»Ich muss mit dir reden. Wie viel Zeit hast du noch?«

Verena winkte ab. »Jede Menge. Ich bin an keinen bestimmten Zug gebunden. Und nach Berlin fährt mindestens alle zwei Stunden einer. Wollen wir einen Kaffee trinken?«

Danke, lieber Gott oder liebes Universum! Penny atmete erleichtert auf. »Gern!«

Sie betraten das Bahnhofsrestaurant, das seinem Namen alle Ehre machte. Vor der Zapfanlage waren die mächtigen Hebel eines Stellwerks angebracht, es gab Tische zwischen Erste-Klasse-Polsterbänken. In den Gepäcknetzen darüber waren Hutschachteln und alte Lederkoffer arrangiert. Die beiden Frauen entschieden sich für die zweite Klasse, die sich in einem nachempfundenen Abteil der Deutschen Reichsbahn befand. Dort waren sie ungestört. Verena nahm die Brille ab. Penny erschrak. Ihre Augen waren rot und nahezu ungeschminkt. Sie wusste nicht, was ihr mehr Sorgen machen sollte.

»Verena, ich habe dich angelogen. Nach Strich und Faden«, sprudelte sie los. Ein Lächeln trat auf Verenas Lippen. Hatte sie nicht verstanden? »Ich meine es ernst. Ich habe nicht nur geflunkert, ein klitzekleines bisschen geschummelt, ich habe dir eine dicke fette Lüge aufgetischt.«

»Gott sei Dank, da fällt mir ein Stein vom Herzen.« Penny starrte sie an, als habe sie sich soeben vor ihren Augen in Richard Gere verwandelt. »Du müsstest dein Gesicht sehen!« Verena warf den Kopf in den Nacken und lachte. Flipper war wieder da! Selten hatte sich Penny so darüber gefreut.

»Du bist nicht sauer?«

»Aber nein, ganz im Gegenteil. Normalerweise wäre ich schon böse gewesen. Irgendwie bin ich auch enttäuscht, ein bisschen.«

»Na, immerhin.«

»Erinnerst du dich? Verena bedeutet die Wahrheitsliebende. Das passt ziemlich gut zu mir.« Sie blickte versonnen vor sich hin. »Die Wahrsagerin hat mir nicht nur prophezeit, dass ich hier auf Usedom den Mann meines Lebens finden werde«, erklärte sie dann, »sie hat auch gesagt, dass eine Lüge zwischen mir und diesem Mann stehen wird. Erst wenn die ausgeräumt sei, wäre der Weg zum großen Glück frei, hat sie gesagt.« Verenas Augen leuchteten glücklich. »Danke, Penny!«

»Dafür, dass ich dich angelogen habe?«

»Nein, dafür, dass du die Lüge aus der Welt geschafft hast. Du hättest mich abreisen lassen können. Du hättest feige sein können. Aber das bist du nicht.«

»Willst du nicht wissen, worum es bei dieser Lüge ging? Ich meine, du musst doch die Wahrheit erfahren.« Penny wusste noch immer nicht recht, was sie von Verenas Reaktion halten sollte. Eins wusste sie allerdings: Sie würde nie wieder über Wahrsager oder Horoskope lästern.

»Du bist doch bestimmt hergekommen, um mir alles zu erklären. Ich schlage vor, wir bestellen uns jetzt mal was Schönes, und dann erzählst du mir alles von Anfang an.«

Nachdem der Kellner Verena einen Kaffee mit Eierlikör und Sahne und Penny eine große Apfelschorle mit einem Apfelring am Glas serviert hatte, redete Penny sich den ganzen Schlamassel von der Seele. Sie erklärte, dass sie sich Sorgen um ihre Männer gemacht habe. Eine Frau aus der Großstadt passte womöglich nicht zu ihnen. Außerdem habe Verena die Bekanntschaft der beiden unter einem geflunkerten Vorwand gesucht. Nicht gerade vertrauensbildend. Sie gab zu, dass sie in erster Linie Angst hatte, ihre Freunde zu verlieren. Penny erzählte, wie sie Pit und Heiner kennengelernt hatte, was sie alles miteinander erlebt und manchmal auch durchgestanden hatten.

»Die beiden sind meine Familie«, schloss sie. »Sie sind die wichtigsten Menschen, die ich habe. Ich wüsste nicht, wie es ohne sie werden sollte.«

»Weißt du, Penny, du hast keinen Menschen.« Penny runzelte widerwillig die Stirn. »Hattest du auch nie. Das meine ich nicht böse. Es ist nur so, dass man Menschen doch nicht besitzen kann. Sie sind bei dir, solange sie können und es selbst wollen. Du kannst dir nur Mühe geben, dass sie es wollen.« Sie lächelte scheu. »Festhalten kannst du niemanden. Deswegen musst du jede gemeinsame Sekunde genießen. Das ist alles, was du tun kannst.«Penny betrachtete Verenas Gesicht eine Weile.

Von wegen, nicht die hellste Fackel im Sturm. Sie ist klug. Das ist sie wirklich.

»Es tut mir schrecklich leid, dass ich dich fast vertrieben hätte mit meinen Gruselgeschichten. Die Wahrheit ist: Pit und Heiner haben dich beide gern. Heiner hat eindeutig die stärkeren Gefühle für dich, das hast du ganz richtig eingeschätzt. Er weiß jetzt, was du am Telefon gemeint hast, als du sagtest, du würdest ihn auch mit Viehzeug nehmen.« Penny lachte leise. »Ist ja nun nicht mehr nötig. Es gibt ihn auch ohne. Oder sagen wir: Wenn du bei ihm Viecher akzeptieren musst, dann nur seine Fische. Und die sind tot, dafür aber ausgesprochen köstlich. Davon konntest du dich ja überzeugen.«

»Das stimmt allerdings.«

»Heiner wäre überglücklich, wenn er dich möglichst bald wiedersehen könnte. Ich habe noch immer Angst, aber ich freue mich auch für euch.«

»Wovor genau hast du Angst, Penny?«

»Vor einer Zukunft ohne unser Trio.« Sie schluckte.

Gewöhne dich an den Gedanken, Penny!

»Falls du einen Blick in die Zukunft wagen möchtest, kann ich dir eine gute Wahrsagerin empfehlen.«

»Nein, danke, das ist nichts für mich. Jetzt noch weniger. Ich bin nämlich nicht mehr sicher, ob das alles haarsträubender Humbug ist. Wer weiß, vielleicht würde ich nicht mögen, was ich zu sehen bekäme.«

Sie hingen ihren Gedanken nach.

Dann meinte Verena: »Ich bin jetzt jedenfalls doppelt erleichtert. Ich weiß nicht, was ich gemacht hätte, wenn Pit mich lieber gehabt hätte.«

»Bitte? Was soll das denn heißen? Pit ist eventuell manchmal ein bisschen hemdsärmelig, aber er hat ein großes Herz. Was ich über ihn erzählt habe, war nicht gelogen. Theater ist nicht unbedingt sein Steckenpferd, und mit Mode steht er wirklich auf Kriegsfuß. Er sieht trotzdem gut aus, finde ich.

Was viel wichtiger ist: Er interessiert sich für das, was auf der Welt vor sich geht. Er liest Biografien von Staatsmännern, sieht sich Dokumentarfilme über die exotischsten Länder dieser Erde an. Wenn er erzählt, komme ich mir oft ziemlich dumm und klein vor, weil er so viel weiß. Ganz ehrlich, Verena, du hast ihn nicht in der besten Phase kennengelernt. Auf dem Boot hat er sich zusammengerissen und hin und wieder einen Scherz gemacht. Beim Drachensteigen war er sogar relativ locker, aber das war alles nichts gegen seinen Normalzustand. Pits Humor ist einfach großartig. Normalerweise.« Sie sah Verena an. »Was grinst du eigentlich so komisch?«

»Ich bin nicht erleichtert, weil ich Pit nicht auch leiden könnte. Das ist es nicht. Aber ich hätte ein schlechtes Gewissen.«

»Wieso? Kapier ich nicht.«

»Tatsächlich nicht? Ich hätte deinetwegen ein schlechtes Gewissen, Penny. Du liebst Pit.«

»Wie bitte?« Penny lachte auf. »Nein, da hast du aber etwas in den völlig falschen Hals bekommen. Wir sind Freunde. Gute Freunde, ja, aber das ist auch alles.«

»Welches Sternzeichen hat er?«

»Keine Ahnung. Er hat am achtundzwanzigsten November Geburtstag.«

»Schütze«, rief Verena fröhlich aus. »Perfekt. Ja, hätte ich mir denken können. Er ist sehr direkt und, wie du sagst, optimistisch. Du bist Löwe. Schütze und Löwe passen ausgesprochen gut zusammen.«

»Wir drei haben einfach gut zusammengepasst, Verena. Wir waren ein perfektes Trio. Na ja, alles hat seine Zeit.« Penny kam etwas in den Sinn. »Hast du eigentlich absichtlich keinen festen Zug gebucht? Ich meine, du konntest doch nicht wissen …«

»Ich wollte sichergehen. Kennst du *Pretty Woman*? Da taucht der Märchenprinz auch in allerletzter Sekunde auf und verhindert, dass Julia Roberts aus seinem Leben verschwindet. Du bist zwar nicht Julia Roberts und auch nicht Heiner, aber du bist gekommen. In allerletzter Sekunde. War doch plietsch, mich auf keinen Zug festzulegen, oder?« Penny lachte. »Ja, das war richtig plietsch!« Penny versprach, Heiner anzurufen und ihm die gute Nachricht zu überbringen, dass Verena so schnell wie möglich wieder nach Usedom kommen würde. Sie würde ihm ihre Telefonnummer und Berliner Adresse geben, damit die beiden die Zeit bis zum Wiedersehen überbrücken konnten. Penny hatte Verenas Lachen noch im Ohr, als der Zug längst aus dem hübschen alten Bahnhof gerollt war. Mit einem breiten Lächeln auf dem Gesicht ging sie zu ihrem Auto, zupfte den Strafzettel hinter dem Scheibenwischer hervor und stieg beschwingt pfeifend ein.

Verena, diese Romantikerin. Von wegen, Schütze und Löwe passen perfekt zusammen. Das sieht der Löwe aber ganz anders. Wahrscheinlich würde es einfach in ihre rosarote Welt passen, wenn sie und Heiner ein Paar würden und Pit und ich.

Sie schmunzelte.

Pit und ich ein Paar. Drollige Vorstellung. Penny fuhr in Richtung Ahlbeck. Dieses Mal nahm sie die belebte Landstraße. Sie hatte Zeit. Das Fenster hatte sie heruntergekurbelt. Sie neigte den Kopf zur Seite, so dass sie den Fahrtwind in ihrem Haar spürte. Sofort erfüllte der vertraute salzige Duft das Auto.

»Ich liebe den Geruch des Meeres«, hatte sie geantwortet, als Pit sie bei ihrer ersten Begegnung gefragt hatte, was sie auf die Insel verschlagen habe.

»Logisch«, hatte er gemeint, »was riecht schon besser als gammelige Algen und toter Fisch?«

Sie sah ihn vor sich, seine grauen wachen Augen, die so lebenslustig blitzen konnten, die blonden Haare, die nicht mehr so strubbelig von seinem Dickschädel abstanden, sondern seit Neuestem kurz geschnitten waren. Es stand ihm ausgezeichnet. Pit. Wie oft hatten sie an ihrem Küchentisch gehockt und im wahrsten Sinn des Wortes über Gott und die Welt philosophiert? An wie vielen Abenden oder Nächten waren sie die letzten Gäste in Heiners Imbiss gewesen? Ihr fiel ein Abend ein, an dem sie über alte Handwerkstraditionen gesprochen hatten. Warum kam diese Erinnerung erst jetzt wieder hoch? Sie wusste noch genau, wie sehr die beiden davon geschwärmt hatten, Altes zu bewahren.

»Dat gifft doch so wat wie ’n Generationengedächtnis«, hatte Heiner erklärt. Nachdem sie in aller Ausführlichkeit erörtert hatten, wie viel echter und ehrlicher Arbeit doch war, wenn man sie von dem ersten Handgriff bis zur Fertigstellung verstehen und körperlich spüren konnte, anstatt sie irgendwelchen Maschinen oder Computern zu überlassen, wandten sie sich Heiners Theorie von dem Generationengedächtnis zu. Sie hatten das große Ganze analysiert, und Penny hatte danach eine andere Sicht der Dinge gehabt. Lange war ihr die Vorstellung nicht mehr aus dem Kopf gegangen, dass alle Menschen irgendwie durch Vererbung und ein mentales Netz miteinander verbunden waren. Auch über den Tod hinaus. Selbst für das Körperliche hatte diese These eine gewisse Gültigkeit. Ganz gleich in welcher Kultur, letztlich übergab man die sterblichen Überreste, sei es nur die Asche, der Erde oder dem Wasser. Durch Würmer und Mikroorganismen verteilten diese Überreste sich und wurden auch zur Nahrung für Pflanzen, die die Lebenden mit ihren Blüten erfreuten oder sie ernährten. Ein komischer wie faszinierender Gedanke, den Penny nie wieder losgeworden war. Neben den tiefgehenden Gesprächen des damaligen Abends war ihr vor allem dessen Ausklang im Gedächtnis geblieben. Es war wohl zwei oder halb drei geworden, und sie hatten noch immer an dem ersten Tisch vor Heiners Tresen gehockt und hitzig debattiert. Plötzlich hatte Pit erklärt, er habe Bärenhunger.

»Ich könnte jetzt Kohlenhydrate gebrauchen«, hatte er grinsend verkündet.

»Ich bin dabei!« Penny ließ sich gerne überreden. Heiner war in die Küche gegangen und hatte Spaghetti mit Muscheln gekocht. Es hatte nicht lang gedauert, aber die Nudeln mit einer Weißweinsoße, viel Knoblauch und bissfesten Venusmuscheln darin waren so köstlich geworden, dass Pit und sie sich einig waren, Heiner verfüge über magische Kräfte. Es war einer von unzähligen besonderen Abenden, die sie zu dritt verbracht hatten und die einfach unvergesslich waren. Penny bog auf der Landstraße ab in Richtung Heimat. Oder in Richtung Pit. Es war der gleiche Weg. Pennys Herz schlug einen Takt schneller. Sie waren ein unschlagbares Trio, klar. Und beide, Pit und Heiner, waren ihre Familie. Die Erkenntnis traf sie so unvorbereitet, dass sie beinahe mitten auf der Straße stehen geblieben wäre: Verena hatte trotzdem recht. Penny erinnerte sich nämlich an noch ein Detail des Venusmuschel-Abends. Ein warmes Gefühl stieg in ihr auf, als sie sich die Momente vor Augen führte, die sie mit Pit allein gewesen war. Es hatte sich angefühlt, als wären sie ein Paar, das bei einem sehr guten Freund zum Essen eingeladen ist. Eigentlich war es immer so. Wenn sie ganz ehrlich war, hatte es sich nie nach einem Single-Trio angefühlt, sondern nach einer Zwei-plus-Eins-Gleichung.

Du hast in den letzten Tagen einiges verbockt, meine Liebe. Höchste Zeit, mal etwas richtig gut zu machen.

Ohne zu blinken, schlug sie das Lenkrad ein, fuhr in eine Einfahrt, setzte zurück und drängelte sich in den fließenden Verkehr. Das Hupen diverser Autos ignorierte sie. Sie wusste, was zu tun war. Sie würde keine Sekunde mehr verlieren.

»Wie schnell kann ich das Geld haben?«

Herr Knopf, ein bedächtiger Herr, der seit seiner Ausbildung bei der Sparkasse von Usedom arbeitete und sich bereits auf den Ruhestand freute, lächelte sie freundlich an.

»Dann haben Sie also Ihr Traum-Hausboot gefunden.«

»Nein. Das heißt, ja, also theoretisch hätte ich es gefunden, glaube ich.«

»Sie beunruhigen mich, Frau Anders. Es geht um eine Menge Geld.«

»Da haben Sie völlig recht. Viel zu viel Geld für ein Spielzeug, meinen Sie nicht? Wer braucht schon ein Hausboot? Mit so einer Summe kann man etwas viel Besseres anfangen.«

»Aha, ja, natürlich. Was wird es denn Schönes, wenn ich fragen darf.«

»Ein Dachdeckerbetrieb.« Sie strahlte über das ganze Gesicht.

Penny rief Heiner an. Sie gab ihm Verenas Telefonnummer und erzählte ihm alles.

»Weiß ich schon«, sagte er kurz. »Verena hat mich nämlich angerufen. Sie hat es nicht länger ausgehalten.« Er konnte die Freude in seiner Stimme nicht verbergen. Trotzdem gelang es ihm ausgesprochen gut, weiter beleidigt zu sein. Kein Wort, dass er ihr verzeihen würde, kein Signal, dass ihm ihre Freundschaft noch immer etwas bedeutete. Ihr wurde das Herz schwer. Was, wenn es mit Pit genauso sein würde? Er hatte seinen Abschied zwar nicht so endgültig klingen lassen wie Heiner, aber man konnte nie wissen. Um an den Zweifeln nicht zugrunde zu gehen, verfiel Penny in rege Betriebsamkeit. Sie teilte Dieter Lehmann mit, dass sie kein Interesse mehr an seinem Boot habe.

»Sie haben gesagt, das Paradies sei unbezahlbar. Wissen Sie noch?«

»Natürlich. Sie sind eben ein echtes Glückskind, dass ich Ihnen das Paradies für Geld überlassen würde. Und dann auch noch zu einem so niedrigen Preis.«

»Ganz ehrlich? Um den alten Schlorren wieder fit zu machen, müsste ich die gleiche Summe noch einmal hineinstecken. So viel zu dem niedrigen Preis. Trotzdem haben Sie ganz recht. Das Paradies kann man nicht kaufen. Entweder es wird einem geschenkt oder eben nicht. Mit einem schönen dicken Sparguthaben kann man allerdings lieben Freunden helfen. Das ist mindestens so viel wert wie ein schwimmendes Paradies. Machen Sie's gut, Herr Lehmann. Ach ja, Sie sollten den Schimmel an den Fenstern unten entfernen und den Bodenbelag im Salon auf Vordermann bringen. Wer weiß, womöglich geht Ihnen dann ein Käufer ins Netz.«

Aufgelegt. Einfach so. Irgendetwas scheint den einsamen Wolf geärgert zu haben.

Ihre nächste Amtshandlung war ein Termin mit einem Anwalt. Sie musste sich in kürzester Zeit mit allem vertraut machen, was bei einer Übernahme von oder finanziellen Beteiligung an Daniels Betrieb zu beachten war. Nach einem ersten Gespräch nahm sie Unterlagen mit nach Hause und hockte sich damit in den Garten. Wie gut, dass sie sich schon einmal mit dem Thema befasst hatte, als Pit an Daniel verkauft hatte. So war nicht alles neu für sie. Hin und wieder verscheuchte sie eine Biene oder Hummel, die sie ablenken und dazu bringen wollten, sich doch lieber um ihre Sträucher und Blumen zu kümmern.

Keine Chance, steckt euren Rüssel gefälligst in eure eigenen Angelegenheiten.

Sie ließ sich von einer Dame bei der Handelskammer beraten und nahm schließlich einen zweiten Termin bei dem Anwalt wahr. Sie wusste, dass die Unternehmensbewertung ein heikler Punkt werden konnte, war jedoch zuversichtlich, den zu ihrer Zufriedenheit regeln zu können. Penny hatte Pit enttäuscht, weil sie unehrlich gewesen war. Sie hatte sich selbst enttäuscht. Dieses Mal würde sie es besser machen, sie würde das Geschäft mit Daniel zuerst mit Pit besprechen. Keine Geheimnisse, keine Versteckspielchen.

Sie fing ihn an der Baustelle in Bansin ab. Das Haus, dem er ein neues Dach verpasst hatte, war beeindruckend. Großzügige Sprossenfenster im Untergeschoss, weich geschwungene Gauben oben. Der First war bereits mit Heide abgeschlossen. Penny war immer wieder fasziniert davon, wie gleichmäßig die Halme eines frisch gedeckten Reetdaches nebeneinanderlagen. Jeder von ihnen war durch Pits Hand gegangen, wie er ihr mal erklärt hatte. Sie sah ihn über die weitläufige Einfahrt kommen. Wenn sie sich nicht beeilte, würde er in den klapprigen Transporter steigen und wäre weg.

»Moin, Pit«, rief sie zaghaft. War da ein erfreutes Erkennen in seinen Augen, oder gaukelte ihr Wunschdenken ihr etwas vor?

»Ach«, sagte er nur.

»Ach, wie schön, oder ach, hau bloß ab?« Sie versuchte es mit Humor.

»Einfach nur ach.« Er zog einen Halm aus dem Latz seiner Arbeitshose und schob ihn sich zwischen die Zähne. Dann verschränkte er die Arme vor der Brust und fixierte sie.

»Hast du ein paar Minuten für mich? Ich würde gern etwas mit dir besprechen.«

»Jo, ’n paar Minuten hab ich wohl. Ich fahr die Schrottkiste nur eben vom Hof. Die macht sich nicht so gut auf diesem Anwesen.«

Wenig später schlenderten sie am Ufer des Schloonsees vorbei in Richtung Hundestrand. Sie sprachen kein Wort. Penny wusste einfach nicht, wie sie anfangen sollte. Und Pit kam ihr keinen Millimeter entgegen. Am Strand sahen sie den Vierbeinern und deren Herrchen und Frauchen zu. Es gab Rassehunde und Promenadenmischungen, Winzlinge und solche, die auch gut als Reittiere durchgehen konnten. Ein Welpe schrie herzzerreißend, als sein Frauchen ins Wasser watete. Doch so groß die Verlustangst auch war, so sehr das junge Mädchen auch lockte, der kleine Kerl war nicht dazu zu bewegen, sich ebenfalls in die Ostsee zu wagen. Er trippelte aufgeregt und offenbar todunglücklich auf der Stelle. Als eine Welle nach seinen Pfötchen griff, machte er einen Satz nach hinten und behielt den vergrößerten Sicherheitsabstand bei.

»Da is wohl nix zu machen«, kommentierte Pit das Schauspiel.

»Sieht nicht so aus. Armes Ding!«

»Sie oder der Hund?«

»Beide irgendwie.«

»Vielleicht hat dem Welpen jemand erzählt, dass es im Meer ekliges Viehzeug gibt. So gern er auch bei seinem Frauchen sein würde, bei der Aussicht auf eine Begegnung der schleimigen Art verzichtet er dann doch lieber.«

»Witzig, Pit.« Sie schmollte.

»Finde ich gar nicht.« Penny sah zu ihm herüber und stellte fest, dass er keine Miene verzog. Er machte keine Scherze. Ihr Herz wurde noch schwerer. Er war ihr noch immer böse, genau wie Heiner.

»Ich wollte dir nur die Möglichkeit geben, endlich mit der

Sprache rauszurücken. Es war nämlich ein langer Tag. Mir tun sämtliche Knochen weh, und ich würde gern duschen. Also?«

»Du hast ja recht, entschuldige. Die gute Nachricht zuerst: Ich habe Verena noch vor ihrer Abreise angetroffen. Sie mag Heiner wirklich sehr gern. Die beiden haben auch schon miteinander telefoniert. Ich bin sicher, Flipper schnattert bald wieder lautstark über die Insel.« Er verzog noch immer keine Miene. »Keine gute Nachricht?«

»Doch, aber nicht neu. Du glaubst doch nicht, dass Heiner das lange für sich behalten konnte.« Jetzt musste er doch schmunzeln. Ein Lichtblick.

»Und was ist mit Daniel? Hat er schon rausgekriegt, dass du von Verena keine finanzielle Hilfe erwarten kannst, falls er dich vor den Kadi zerrt?«

»Keine Ahnung.« Der Grashalm in seinem Mund wippte auf und ab.

»Spielt auch keine Rolle mehr, weil ich nämlich stinkreich bin«, verkündete sie überschwänglich.

»Hast den schwimmenden Schrotthaufen noch nicht gekauft?« Sie gingen langsam durch den weichen Sand.

»Nein. Und ich werde ihn auch nicht kaufen. Hausboote werden überbewertet, findest du nicht?«

Eine Möwe flog kreischend über sie hinweg. Das Bellen und Knurren der Hunde, das Rufen und Lachen der Menschen wurden langsam leiser.

»Hast du was genommen?« Pit kniff die Augen zusammen.

Sie musste lachen. »Nein, ich hab was begriffen. Eine ganze Menge, um genau zu sein. Zum Beispiel, wie man mein Erspartes besser anlegen kann als in einem Kahn mit Schlafgelegenheit.«

Er blieb stehen. »Das würdest du für mich tun?«

»Ja.«

Natürlich würde ich das für dich tun. Weil ich dich liebe, Pit Luhrow, weil ich dich immer geliebt habe, von dem Moment, als du das erste Mal bei meinem Häuschen aufgetaucht bist. Gott, wie kitschig, aber so ist es.

»Wir sind doch Freunde.«

Er sah sie lange an. »Das will ich nicht.« Er setzte sich wieder in Bewegung.

»Aber wieso nicht? Wenn Verena tatsächlich Geld gehabt hätte, hättest du es genommen, oder wie?«

»Das ist etwas anderes.«

Jetzt blieb sie stehen und ließ ihn alleine weitergehen.

»Verstehe.« Das stimmte ausnahmsweise einmal. Plötzlich verstand sie ganz genau. Kaum war Verena aufgetaucht, hatte Heiner angefangen, Aftershave zu benutzen. Pit war beim Friseur gewesen. Beide hatten sich mächtig ins Zeug gelegt, um die hübsche Berlinerin zu beeindrucken. Heiner hatte das Rennen gemacht, das hieß nicht, dass Pit nicht auch angetreten war.

»Manchmal bin ich wirklich schwer von Begriff«, sagte sie traurig. »Das heißt, ich habe es ja geahnt. Von wegen, du hättest auch sagen können, dass du in die Heide gehst, wenn du Usedom verlassen musst. Das mit Berlin und Brandenburg war kein Zufall. Du hättest auch gern etwas mit ihr angefangen. Ich wusste nicht, dass es dir so ernst mit ihr war. Tut mir sehr leid für dich.«

Pit war stehen geblieben. Jetzt drehte er sich ganz langsam um. Sein Blick irritierte sie.

»Verena hat sich für Heiner entschieden. Das ist nun wirklich nicht meine Schuld. Ich kann auch nichts daran ändern. Außerdem habe ich mir vorgenommen, mich nicht mehr einzumischen.«

Er kam auf sie zu.

»Nicht ohne Absprache«, erklärte sie schnell. »Pit, ich habe mich erkundigt. Wenn ich meinen Sparstrumpf plündere und Daniels Schulden übernehme, stehen die Chancen ziemlich gut, ihm die Dachdeckerei abzukaufen. Ich glaube kaum, dass er auf die Schnelle ein besseres Angebot bekommt. Er wird einschlagen, da bin ich sicher. Dann wärst du wieder der Chef und könntest den Karren aus dem Dreck ziehen. Ob du Daniel weiter beschäftigen willst, ist deine Entscheidung.«

Er blieb dicht vor ihr stehen, beunruhigend dicht. Sein Brustkorb hob und senkte sich, der Grashalm klebte noch gerade an seiner Unterlippe, die nächste Böe brachte ihn zu Fall.

»Du verzichtest auf dein Hausboot, um meine Firma zu retten?« Seine Stimme war heiser.

»Ja. Ich sagte doch, ich habe einiges verstanden.« Penny lachte schüchtern. »Zum Beispiel, dass es gar nicht so sehr darum geht, dass wir ein Team bleiben, sondern darum, dass du glücklich bist, dass es dir gut geht.« Sie starrte auf ihre nackten Zehen, auf denen der Sand klebte. »Dafür brauchst du deinen Job und diese Insel.«

»Was ist, wenn ich dafür auch eine Frau brauche?«

Sie sah verzweifelt zu ihm auf.

Liebe Güte, hatte er schon immer so weiche Gesichtszüge? Wie schaffte Verena es bloß, dass allein der Gedanke an sie ihn so verzauberte?

»Dann kann ich dir leider nicht helfen. Das Einzige, was ich für dich tun kann, ist der geschäftliche Kram. Ich habe schon mit einem Anwalt gesprochen.«

»Bist du sicher?«

»Wie, bist du sicher? Ich werde doch wohl wissen, ob ich bei einem Anwalt war.«

»Das meine ich nicht. Bist du sicher, dass du mir nicht zu einer Beziehung verhelfen kannst?«

»Ja, da bin ich sicher. Das ist ja wohl …« Sie drehte um und stapfte ein Stück weiter am Strand entlang. Sie ließ das Hundegebell und den Trubel hinter sich und versuchte, sich auf den Wind und das Rauschen der Wellen zu konzentrieren.

»Nun bleib doch mal stehen. Lass uns das in Ruhe beschnacken.« Er holte auf.

»Nee, Pit, da ist nichts zu beschnacken. Ich habe dicke fette Fehler gemacht. Ich habe sie aber auch wieder ausgebügelt, so gut ich eben konnte. Verena kann ich dir leider nicht auf dem Silbertablett servieren. Und ich stehe auch nicht als Partnervermittlung zur Verfügung. Das kann ich nicht.« Die Tränen schossen ihr so unerwartet in die Augen, dass sie nahe daran war, die Fassung zu verlieren. »Mist!« Sie wollte wieder umdrehen, doch er packte ihre Schultern.

»Mann, Penny Anders, du bist ja echt schwer von Begriff. Das wusste ich gar nicht.« Er sah sie liebevoll an. »Ist dir eigentlich gar nicht aufgefallen, dass ich neulich beim Friseur war, dass ich öfter mal ein neues Shirt anhatte oder dass meine Taschen nicht mehr ganz so vollgestopft waren, wenn ich bei dir zum Essen war?«

»Doch, ist es. Du wolltest Verena gefallen. Müssen wir darauf jetzt noch lange herumreiten?«

»Ich wollte dir gefallen, du kleiner Dussel.« Er legte ihr eine Hand unter das Kinn, damit sie ihm in die Augen sah. »Ich hab ziemlich schnell gemerkt, dass Heiner sich mächtig in Verena verguckt hat und dass das auf Gegenseitigkeit beruht. Tja, bei der Gelegenheit ist mir klar geworden, dass eine Zweierbeziehung ziemlich schön wäre. Heiner ist mein Freund, ich kann ihn richtig gut leiden. Nur immer muss ich ihn nicht um mich haben. Aber dich, dich möchte ich immer bei mir haben. Das würde mich glücklich machen, glaube ich.«

»Dir ist klar geworden ...«, stammelte sie.

»Ja. Um ehrlich zu sein, ist das keine völlig neue Erkenntnis. Es gab da schon mal so einen Moment. Wir waren bei Heiner, es ist sehr spät geworden, und er hat mitten in der Nacht noch für uns gekocht.«

»Der Venusmuschel-Abend«, flüsterte sie.

»Der was? Ach so, ja, stimmt. Woher ...?«

»Weil's mir genauso ging. Und weil ich daran auf dem Weg hierher, also zu dir, denken musste. Ich habe unser Trio wohl nur verteidigt wie eine Löwin, um dich nicht zu verlieren.« Sie zuckte mit den Schultern und legte den Kopf zur Seite. »Dafür kann ich übrigens nichts. Liegt am Sternzeichen. Löwe. Wusstest du, dass Löwen und Schützen extrem gut zusammenpassen?«

»Seit wann glaubst du an diesen Kram?«

»Seit eben gerade.« Sie strahlte ihn aus vollem Herzen an. »Hast du das gerade ernst gemeint, dass du mich immer bei dir haben möchtest?«

»Darauf kannst du wetten. Tja, meine Liebe, du hast gesagt, es geht darum, dass ich glücklich bin. Nun wirst du wohl zu deinem Wort stehen müssen.«

»Tja, das muss ich dann wohl.« Sie legte ihm die Arme um die Taille, ging auf die Zehenspitzen und küsste ihn.

Nachtrag

»Feierabend«, rief Heiner. »Du bist schließlich im Urlaub hier.«

Verena band die Schürze ab, zog sie über den Kopf und warf sie auf eine Stuhllehne.

»Das hier ist Urlaub«, verkündete sie fröhlich. »Urlaub von den Horoskopen. Ich kann sie nicht mehr sehen.«

»Ich denke, du bist überzeugt von dem Kram.« Pit zog die Stirn kraus. »Du hast sogar Penny damit angesteckt. Und das soll was heißen.«

»Ich glaube daran, aber ich habe keine Lust mehr, sie zu schreiben. Richtig gute Horoskope kann man nicht pauschal pro Tierkreiszeichen erstellen. Was ich mache, ist genau genommen Betrug. Das will ich nicht mehr. Ich kann Unehrlichkeit nicht leiden.« Penny senkte beschämt den Kopf. Heiner entkorkte eine Flasche Wein für die Damen und stellte für Pit und sich selbst zwei Flaschen Bier auf den Tisch.

»Was is nu eigentlich mit Daniel? Bleibt er oder nich?«

Pit schüttelte den Kopf. »Er schult um. Finanzberatung«, meinte er gedehnt und zog dabei vielsagend die Augenbrauen hoch.

»Davon versteht der Töffel doch nix.«

»Von der Dachdeckerei ja auch nicht. Oder nicht viel.« Pit griente. »Prost!«

»Wenn er schon Ahnung von Finanzdingen hätte, müsste er sich nicht schulen lassen.« Verena sah streng von einem zum anderen. »Kann doch sein, dass ihm das besser liegt als ein handwerklicher Beruf. Lasst mal, er ist ein netter Kerl. Der wird schon seinen Weg machen.«

»Na, na«, machte Heiner drohend. »Du wirst ihn am Ende nich doch mehr als niedlich finden.«

»Ich finde dich mehr als niedlich. Und niemanden sonst.« Sie himmelte ihn an. Noch vor wenigen Wochen hätte Penny das kitschig und doof gefunden, jetzt wurde ihr warm ums Herz. »Und du übernimmst die Buchhaltung, hat Heiner erzählt. Dann hängst du deinen Job als Standesbeamtin an den Nagel?«

»Nein, Verena, nicht ganz. Ich habe nur die Arbeitszeit verkürzt und bin jetzt Teilzeit-Standesbeamtin. Es musste sich ohnehin etwas ändern. Wir hatten viel zu wenig Personal. Wenn die Herrschaften der Verwaltung schon dabei sind, da ein bisschen aufzustocken, kann ich denen gleich sagen, dass sie für mich auch jemanden brauchen, einen halben Jemand, dachte ich mir.« Sie schmunzelte. »So habe ich genug Zeit, um Pit bei dem Papierkram zu unterstützen.« Sie sah zu ihm herüber. Wahrscheinlich grinste sie jetzt auch wie ein Honigkuchenpferd. Sie hatte ja auch allen Grund dazu.

»Geht das denn so einfach? Als halbe Kraft, meine ich.«

»Klar, ist alles mit dem Bürgermeister beschlossen. Ich habe mich sozusagen spezialisiert. Ich mache nur noch Trauungen.«

»Ich dachte, das heißt Katastrophen-Kick-off«, stichelte Pit. Penny atmete übertrieben tief ein. »Die Zeiten sind vorbei. Ich weiß jetzt, dass Hochzeiten etwas ganz Wunderbares sein können. Ich werde die romantischste Standesbeamtin weit und breit, darauf könnt ihr euch verlassen.«

»Schön!«, rief Verena mit einem lang gezogenen Seufzer.

»Ich weiß nicht, wie es euch geht, aber ich habe plötzlich Appetit auf Spaghetti mit Venusmuscheln.« Pit warf Penny einen tiefen Blick zu.

Dass graue Augen so glühen können!

»Wie sieht's aus, Heiner? Kannst du uns welche zaubern?«

»Klar, mach ich.«

»Ich helfe dir.« Verena war mit einem Schritt bei ihm. Mitten in der Bewegung drehte sie sich noch einmal zu den beiden um. »Heiner hat mir übrigens von euren monatlichen Treffen erzählt. Ich recherchiere gerade für eine Reportage über liebe Gewohnheiten und Rituale. Wisst ihr, was ich dabei herausgefunden habe?« Sie sah triumphierend in die Runde. »Man darf solche Gewohnheiten leicht abwandeln, aber man sollte niemals damit brechen. Deswegen schlage ich einen Quartett-Abend pro Monat vor. Was haltet ihr davon?« Verena lachte ihr ansteckendes Lachen. Die anderen stimmten ein.

Heiner lugte aus der Küche. »Und noch was: Wir fahren nach Bornholm. Alle vier. Ich will unbedingt wissen, ob in dieser Räucherei mit den fünf Schloten noch nach den alten Rezepten gearbeitet wird. Außerdem muss Penny noch ihr Geschirr abholen. Stimmt doch, Penny, oder? Jetzt, wo du den ollen Kahn nich kaufst, is doch 'n büschen Geld dafür über.«

»Ja, Heiner, das stimmt.« *Penny, Penny, wie bist du nur auf die Idee gekommen, dass drei plus eins etwas anderes ergeben könnte als vier?*